AF288269

Paula Paul Tom
ans Meer

Österreichischer Kinder- und Jugendbuchpreis | Kollektion, 2017
White Raven | 2016
Kinder- und Jugendliteraturpreis des Landes Steiermark für Manuskripte | Hauptpreis, 2014

2. Auflage 2019
© 2016 Verlagsanstalt Tyrolia, Innsbruck
Umschlagfoto: 123rf.com
Layout: Nele Steinborn, Wien
Schriften: Neue Swift Pro, SkitserCartoon
Druck und Bindung: FINIDR, Tschechien
ISBN 978-3-7022-3521-5 (gedrucktes Buch)
ISBN 978-3-7022-3522-2 (E-Book)
E-Mail: buchverlag@tyrolia.at
Internet: www.tyrolia-verlag.at

FSC
www.fsc.org
MIX
Papier aus verantwor-
tungsvollen Quellen
FSC® C014138

Gabi Kreslehner

PaulaPaulTom
ans Meer

Tyrolia-Verlag • Innsbruck–Wien

Weg.
Bloß weg.
Nichts wie weg.
Mein Vater hat eine Daueraffäre mit seinen Laufschuhen.
Meine Mutter mit ihren Farbtöpfen. Und ich? Hab keine Affäre.
Ich hab bloß einen Bruder. Und der ist bescheuert. Aber ist das
ein Wunder?
Also hau ich ab. Sollen mich doch alle am Arsch lecken. Ich
vertschüss mich. Mit dem Zug ans Meer. Ans tiefste, blaueste
Meer. Da versinken die Wörter und alles. Da umschmeichelt
dich das Wasser wie kühlende Seide, da fällst du in das Licht
zwischen Gelb und Blau, da spürst du, dass alle Sehnsucht sich
... ja ... erfüllt ... ja ...
Nein.
Quatsch. Alles Quatsch.
Ich fahr nicht ans Meer. Ich hol meinen Bruder. Ich hol ihn aus
dem Heim.

Und doch, im Meer würden die Wörter versinken und alles, was ich niemals sein möchte: IT-Manager, Straßenarbeiter, Friseurin, mein Bruder.

„Du musst fahren", hat sie gesagt, „du musst fahren. Dir trau ich das zu. Du bist meine Große. Du musst deinen Bruder holen. Ich will ihn hier haben zum Geburtstag eures Großvaters. Du bist meine Große."

Stimmt gar nicht. Er ist der Große, der Ältere. Nicht ich. Aber er, wie gesagt, ist bescheuert. Das entschuldigt alles. Immer. Und darum bin ich die Große. Immer gewesen. Schon von Geburt an. Alle Tage meines Lebens. Ich weiß, das klingt pathetisch. Aber es ist wie ein Berg, dessen Gipfel ich niemals erreiche. Keiner übrigens. Unsere Mutter nicht, unser Vater nicht.

„Du musst fahren." Hat sie gesagt. Einfach so. Und ich?

Fahre nun.

Quer durch das Land zu diesem Heim, wo wir ihn hingebracht haben, wo er nun lebt seit einem Jahr. Ich hole ihn.

„Du musst ihn holen", hat sie gesagt, nachdem sich mein Vater geweigert und sie ihm deshalb einen Tennisball entgegengeschossen hatte, das Erstbeste halt, was ihr zwischen die Finger kam. Mein Vater aber duckte sich in einem plötzlichen Impuls, der Ball krachte an die Mauer, prallte ab, kam zurück und da stand noch immer meine Mutter mit offenem Mund und tat nichts, nichts, nur stehen und schauen und staunen und dann landete der Ball in ihrem Gesicht, in ihrem linken Auge, und dann kippte sie hintüber und dann war kurz alles, alles still. Ganz. Still.

Die Sonne strahlt durch das Fenster, blendet, man muss die Augen schließen. Der Zug legt sich in eine Kurve, nimmt an

Fahrt zu. Ich habe nicht reagiert, als vorhin das Handy geläutet hat und „Mama" am Display stand. Ich wollte nicht mit ihr reden. Nicht mit ihr, nicht mit Papa, mit niemandem. Ich hol den Paul. Das ist alles. Ich hol ihn aus dem Heim und Schluss. Mehr will ich nicht hören. Mehr will ich nicht sagen. Nichts über blaue Augen oder blaue Haare. Nichts. Das SMS, das sie dann geschickt hat, hab ich gelesen. „Danke, Paula", hat sie geschrieben. „Danke, dass du das tust." Und dass sie im Heim anrufen und Bescheid sagen wird. Und dass Frau Lagerstett jetzt blaue Haare hat. Als ob ich das nicht wüsste.

Ein bisschen noch, denke ich, *a little bit,* dann höre ich auf mir vorzustellen, dass der Zug mich ans Meer bringt. *My mom,* denke ich, *my mom loves my brother more than me. My brother is a special guy, he needs more help, more spirit, more from all ...*

Ich denke gern in Englisch, Englisch ist die große Freiheit, Englisch bedeutet wegwegweg ... ich versinke ... im Surren, das der Zug auf den Schienen macht, im gleichmäßigen Schaukeln, in den Bäumen, die vorbeifliegen ... Buchstaben tanzen wie an durchsichtigen Fäden durch die Luft, eine Schiebetür öffnet und schließt sich leiseleiseleise ... *my mom loves my brother more than me. My brother who is a special guy needs more help, more spirit, more ... does my mom love my brother more than me ... more than me ...*

Als ich aufwache, sitzt dieser Junge mir gegenüber, dieser Junge, und schaut mich an.

Ich schrecke hoch. „Schaust du mich an?", frage ich. „Schaust du mich etwa die ganze Zeit an?"

„Na ja", sagt er, „nicht die ganze Zeit. Bloß hin und wieder. Darf man das nicht?"

„Nein", sage ich patzig. „Darf man nicht! Jetzt gerade nicht."

Er grinst ein wenig und deutet vorsichtig in meine Richtung, in mein Gesicht.

„Ähh ...", macht er, „ähh ... du solltest vielleicht ..."

„Was?"

„Du hast da ..."

Ich funkle ihn an. „WAS?!"

Er grinst noch ein bisschen breiter, schüttelt den Kopf. Dann beugt er sich vor, zieht seinen Pulloverärmel zwischen die Finger und tupft damit an meinen Mund. Erschrocken weiche ich zurück.

„Keine Angst", sagt er beruhigend, „keine Angst! Ich tupf dir nur die Spuckefäden weg. Passiert, wenn einem beim Schlafen der Mund aufgeht."

Ich zucke zusammen. Scheiße, denke ich, Scheiße! Spucke?! Spuckefäden?! Mund aufgeht?! Rinnt mir der Sabber durchs Gesicht?

„Ist nicht weiter schlimm", sagt er und hebt beteuernd seine Hände, „passiert halt. Passiert jedem."

Ich spüre, wie mir die Röte ins Gesicht schießt. Hektisch wische ich mir über den Mund. Wie peinlich! Der hat mich sabbern gesehen, und als ob das nicht genug wäre, hat der jetzt auch noch meinen Spuckesabber in seinem Pulloverärmel!

Am liebsten würde ich verschwinden, mich in Luft auflösen. Aber er lässt mich nicht.

„Ist das ein Liedtext?", fragt er.

Ich runzle verwirrt die Stirn. „Liedtext? Was?"

„Was du gemurmelt hast im Schlaf ... *does my mom* ... oder so ungefähr."

Oh Gott, auch das noch! Reden im Schlaf?

„Nein", sage ich und senke beschämt den Kopf, „nein!"

Er nickt. „Okay", sagt er, „ich wollte dich nicht belauschen. Es war halt nicht zu überhören. Entschuldige."

„Ja", murmle ich, „nicht zu überhören."

Er zuckt die Schultern, lächelt, blickt aus dem Fenster, blinzelt, weil die Sonnenstrahlen ihn jetzt mit voller Breitseite treffen. Ich hole tief Luft und schließe für einen winzigen Moment die Augen. Vielleicht ist er nicht mehr da, wenn ich sie wieder öffne, vielleicht ist alles beim Alten und ich habe meine Ruhe wieder, vielleicht ...

Soll ich's mir wünschen? Manchmal gehen Wünsche in Erfüllung! Aber diesmal nicht. Er ist noch da, als ich die Augen öffne. Und es ist merkwürdig, denn ich bin nicht enttäuscht darüber.

Vorsichtig schaue ich ihn an, vorsichtig, damit er's nicht bemerkt. Er hat blonde Haare, die fallen ihm ins Gesicht wie feiner Puderzucker, die fallen ihm über seine Augen und dann streicht er sie fort, aber immer wieder pfeifen sie ihm eins.

Süß, denke ich überrascht, der ist süß. Alles ist nun noch peinlicher! Das mit den Spuckefäden, das mit meinem blöden Englisch.

„He", sagt er plötzlich und wendet sich mir zu. „Schaust du mich etwa an? Schaust du mich die ganze Zeit an?"

Ich erschrecke, starre ihm in die Augen, spüre, wie mir der Schweiß ausbricht, wie erneut die Röte in mir hochkriecht. Doch dann ... plötzlich ... beginnt er zu lachen. Und ich? Auch! Ich lache auch. Erleichtert.

„Darf man das nicht?", frage ich und kiekse. „Darf man dich nicht anschauen?"

„Doch", strahlt er zurück. „Doch! Man darf!" Und lacht.

Ich mag sein Lachen. Ich mag, dass er immer weiter lacht, weil sein Lachen so ist, dass ich wieder einschlafen könnte und geborgen wäre und weniger allein. Ich schau ihn an und lache auch, wir lachen so hin und her, es ist fast wie ... he, Leute, haltet mich jetzt nicht für verrückt oder so, aber es ist fast wie ... Musik, ja, genau, und irgendwie wird es heller, ein kühler Lufthauch in der Julihitze.

Irgendwann sind wir still. Schauen uns an. Wieder einmal. Diesmal gleichzeitig.

„Tom", sagt er.

„Paula", sage ich.

... *does* my mom ... frage ich mich nicht mehr, keine Zeit, keine Lust, Tom schaut mich an und seine Augen sind grün oder braun, keine Ahnung, etwas Lichtes auf alle Fälle, etwas Strahlendes, etwas, das man nicht vergisst.

Zwei Stunden sind nichts, wenn einer wie Tom dabei ist. Zwei Stunden sind zu wenig, wenn einer wie Tom dabei ist. „Der Platz hier gefällt mir", hat er gesagt, „dir gegenüber. Weil ich dich nämlich dann anschauen kann. Weil ich dich nämlich noch nicht genug angeschaut habe. Darf ich? Lässt du mich?"

Und ich ... hab nur genickt. Weil ich ein bisschen ... nicht mehr denken konnte und drum ... hab ich nur genickt. Und gegrinst. Wie so ein Honigkuchenpferd. Aber cool. So ganz cool. „Du darfst. Ich lass dich."

Und der Zug hat uns weitergeschaukelt Richtung Norden.

„Wo kommst du her?", hat er gefragt und ich hab ein bisschen erzählt. Was ich noch nie getan habe. Einem Fremden erzählen, einem, den ich kenne seit null Tagen, einem, den ich kenne seit ... hundertmillionen Tagen ... *im Meer versinken die Wörter und alles* kann ich ihm erzählen und er versteht und er versteht und er versteht. Was ich niemals sein möchte, kann ich erzählen, IT-Manager, Straßenarbeiter, Friseurin, mein

Bruder. Noch viel mehr kann ich erzählen. Dass mein Bruder und ich uns unseren Namen teilen. Dass ein Ball in Mamas Auge gelandet ist. Dass ich ihn hole. Den Paul. Nicht den Ball. Zum Familienfest.

Ich rede und rede und da sitzt einer mit blonden Puderzuckerhaaren und hört mir zu und die Zeit steht still und ich wünschte, sie stünde still für alle Zeit. Aber irgendwann ist jede Geschichte zu Ende, besonders dann, wenn es keine Geschichte ist, und dann sitzen wir und schauen einander an und als es irgendwann so still ist, dass man nichts sonst mehr hört, bekomme ich ein wenig Angst, so ein Prickeln in den Eingeweiden, so ein merkwürdiges Grimmen, und ich frage mich ... ich frage mich ... nichts, aber ihn: „Wo kommst du her?"

Nachdenken, Stirnrunzeln, Schulterzucken. „Von daheim."

„Ja?"

„Ja."

„Wo ist das?"

Schulterzucken. „Egal."

Okay. Egal also.

„Ferien?"

„Ja."

Wir sind Meister der Kurzsätze, der Einwortsätze.

„Aha."

„Ja."

„Okay."

„Ja."

„Und?"

„Nix."

Ich schlucke ein Schlückchen Bitter und draußen verdecken Wolken die Sonne, kleine Schatten, wahrscheinlich tanzen Vögel auf den Feldern, ich möchte in seine Haare greifen, in diesen blonden Puderzucker, wie toll muss sich das anfühlen, wie toll ...

„Und wo fährst du hin?"

Diesmal bekomme ich eine Antwort. Und was für eine:

„Ans Meer."

Wow! Ich staune. Ans Meer. Er will ans Meer!

„Ans Meer?"

Meine Stimme zittert. Ich auch, denkt alles in mir. Ich will auch ans Meer!

Er nickt. Hat er gehört, was ich gedacht habe?

„Ich auch", sage ich leise, „ich will auch ans Meer."

„Dann komm mit."

Mit großen Augen schaue ich ihn an. Was hat er für Ideen!

„Aber ..."

„Ich weiß", sagt er, „du musst deinen Bruder holen und dann fahrt ihr heim zu Schweinsbraten und Sachertorte."

„Nuss."

„Was?"

„Nuss. Nicht Sacher. Nusstorte, nicht Sachertorte."

Wir lachen.

Alles ist leicht, die Sacher, die Nuss, das Meer, der Zug ... alles ganz leicht, Flockenschaum, Wolkentraum, Apfelbaum.

„Magst du?"

Er hält mir ein Stück Schokolade hin. Ich spüre, dass ich Hunger habe, packe meine Jause aus, wir essen. Picknick im Zug. Warum macht mich das so fröhlich?

Plötzlich hat er ein Saxofon in der Hand und am Mund, das schraubt sich so dunkel durch die Töne, hüpft hierhin und dorthin, wohin Tom es eben treibt. Wie Paul, denke ich, wie der Paul, wenn er aufgeregt ist, dann hüpft er hierhin und dorthin und lässt sich nix sagen, nicht von Mama, nicht von Papa und von mir schon gar nicht. Das Saxofon lässt sich schon was sagen, aber auch nicht von mir, nur von Tom. Es tut, was er will, ist sein Kätzchen, sein Ding, wird weich und warm und voll Zitter. Dann laut und zornig. Unberechenbar. Nie weiß man, was kommt.

„Hast du eine Schiebetür zu Hause?", frage ich leise, ohne nachzudenken. „Hast du eine Schiebetür daheim? Zwischen Küche und Esszimmer?"

Weiber, denkt Paul und kichert und schüttelt den Kopf, Weiber ... tztz ... huschhusch ... brummbrumm ... dummdumm ...

Was habe ich da gesagt?

Was?

Oh mein Gott!

Ich lausche. Und schaue. Was er tut? Was er sagt? Was er denkt? Der Tom.

Aber nichts. Gott sei Dank! Nichts. Anscheinend hat er nichts gehört! Lieber Gott, danke schön! Er hat das Sax im Ohr und im Körper. Wie gut, dass er mich nicht gehört hat, er müsste mich ja für bescheuert halten. Mein Bruder ist der *special guy*, nicht ich, was stelle ich bloß für Fragen, *hast du eine Schiebetür daheim?*

Der Bahnhof nähert sich, das Ende unserer Fahrt, er wird mich, mein blonder Puderzucker, wahrscheinlich nicht nach meiner Telefonnummer fragen, ich weiß nichts von ihm, nichts, nur *von daheim*, aber *von daheim* ist groß und klein zugleich.

Plötzlich öffnet sich leise kreischend die Schiebetür unseres Abteils und draußen im Gang steht der Schaffner. Sein mahnend erhobener Zeigefinger wackelt wie ein Pendel hin und her. „Junger Mann", sagt er und sein Gesicht ist ein einziger Vorwurf, „das hier", sein Zeigefinger pendelt in Richtung des Saxofons, „das hier ist ein bisschen zu laut! Wollen wir das ab sofort unterlassen?"

Seufzend wendet Tom sich ihm zu. „Wenn Sie meinen."

„Ich meine", nickt der Schaffner, schließt die Tür und verschwindet. Achselzuckend dreht Tom sich wieder mir zu, setzt das Sax erneut an seinen Mund und schon fließen die ersten Töne wieder, vielleicht ein bisschen leiser als zuvor, vielleicht aber auch nicht.

Nein, denke ich, keine Schiebetür, vermutlich keine, er ist nicht der Typ für eine Schiebetür, zu mutig, zu unbeirrt, obwohl ... man weiß nie ... ich schaue auf die Uhr, dreißig Minuten ... dreißig Minuten nur noch ... und je weiter die Nacht und je tiefer der Tag ...

Karins Schritte klingen auf dem Flur. Karin, denkt Paul, Karin! Ihre Schritte erkennt er und hat sie am liebsten von allen. Ihre Stimme, wenn sie ihn weckt, ist ein wenig wie die Wolken, die er eines Tages klauen wird, weich und rein und nur ganz selten wie ein Reibeisen oder eine Zitrone. Karin ist ein bisschen wie Mama.

Was bin ich für eine Idiotin, denke ich, was denke ich für unfassbaren Quatsch ... es ist Tom, denke ich, Tom macht das. Das ist, denke ich, wie zu Weihnachten, wenn die Keksdosen langsam weniger werden, weil die Kekse weniger werden und man sie immer enger zusammenschlichten kann. Zuerst in vier Dosen, dann in drei, schließlich in zwei und noch schließlicher in eine, in eine einzige Dose und dann ... dann weißt du, dann spürst du, dass Weihnachten langsam vorübergeht, die Ferien, die Wärme, der Christbaum, die Kerzen ... süßes, trauriges Frösteln.

Hier ist es Tom.

Das ist Quatsch? Ja, ist Quatsch. Klar. Klar, Leute, weiß ich doch! Weihnachten kommt immer wieder, wenn wir Glück haben jedes Jahr, und eigentlich haben wir immer Glück. Aber Tom? Kommt Tom jedes Jahr? Kommt Tom immer wieder?

Und dann ist mir zum Heulen zumute. Für einen kurzen Augenblick. Fünfzehn Minuten.

Wenn ich seinen Pullover hätte, denke ich, dann wäre das wie eine Keksdose, die man noch nicht geöffnet hat und deren Duft, wenn man sie dann endlich öffnet, einen berauschen wird.

„Magst du Kekse?", frage ich leise ins Sax hinein und es sind nur noch zehn Minuten, in denen er mich nach meiner Nummer fragen kann. Diesmal versteht er mich und nickt. Ich seufze zufrieden. Mag er also. Gut. Dann: „Hast du eine Schiebetür daheim? Zwischen Küche und Esszimmer?"

Oh Gott.

Vollschuss? Vollpfosten?

Wo *sind deine Schlapfen, fragt Karin, während sie ihm die Kleider richtet, und wie immer muss Paul grinsen, wenn sie das fragt, denn sie weiß es doch, unter dem Bett, verschossen wie immer, sie weiß es doch, aber ist halt auch ein bisschen dumm, vergisst es immer wieder. Weiber, denkt er, kichert und schüttelt den Kopf, Weiber ... tztz ... huschhusch ... dummdumm ... Sie schaut ihn an, so streng sie kann,*

aber sie kann nicht besonders streng, hebt den Zingerfinger, lässt ihn
mahnend wackeln. Zingerfinger, sagt er und blinzelt mit den Augen,
weil sie so schön ist, die Karin, schöner als die Taghelle, schöner als
die Schlapfen unter dem Bett, schöner als der Kaffee, fast so schön wie
Mama.
Zeigefinger, sagt Karin. Du weißt doch, das heißt Zeigefinger.
Er schüttelt den Kopf. Zingerfinger, sagt er, das heißt Zingerfinger.
Zingerfinger. Zingerfinger.
Sie seufzt. Na gut, sagt sie, wenn du meinst. Aber jetzt komm raus
aus den Federn, los, hoch mit dir. Was ist denn das für eine Bequem-
lichkeit! Schau doch, das Licht im See! Mit einem Ruck schiebt sie den
Vorhang weg und das Licht bricht über ihn herein.

Ja. Hab Vollschuss. Bin Vollpfosten. Und wieder frage ich.
Kann nicht anders. Frage es laut. Frage es so, dass er es auf alle
Fälle hören muss, und er hört es, denn plötzlich fängt das Sax
zu kichern an und ich denke, keine Nummer, nein, sicher
nicht, wer will schon eine Nummer von einer Bescheuerten!
„Frag das noch mal!"
Ich wusste es! Keine Nummer! Selber schuld. Ich bin so
bescheuert! Liegt wohl in der Familie. Ich seufze. „Wieso?"
„Weil das die geilste Frage ist, die mir jemals jemand gestellt
hat. Die muss ich einfach noch mal hören."
„Machst du dich lustig über mich?"
Er lacht.
„Blödmann!"
Er lacht. Was für ein Blödmann! Jetzt erst recht: „Schiebetür!
Hast du eine?"
Er lacht, Haare zurück, Augen brennen.
„Weshalb?"

Ich zucke die Schultern, tief in mir fühle ich die Scham. „Einfach so. Gibt keinen Grund. Brauchst du für alles einen Grund?"

Na los jetzt, ruft Karin aufmunternd, Mittagsschlaf vorbei. Riechst du den Kaffee nicht? Bald kommt die Paula! Hast du das vergessen? Die willst du doch nicht warten lassen! Die kommt mit dem Zug. Die nimmt dich mit nach Hause! Huschhusch!
Er springt hoch, schüttelt den Kopf. Ohgottohgottohgott! Vergessen! Paula vergessen! Nein! Nicht warten lassen! Kommt! Paula! Freut! Paula! Nimmt mit! Paula! Vergessen! Paula! Gottohgottohgottoh! Zur Mama, mit zur Mama.
Er wirbelt mit den Armen. Nein, sagt er. Ja, sagt er. Musst rausgehen, sagt er. Rausgehen. Zingerfinger. Weiber. Tztz. Huschhusch.
Na gut! Karin verdreht die Augen und seufzt. Aber du bist jetzt ein Schneller, versprochen?
Ein Schneller, grummelt er, ein Schneller, ein Heller, ein Keller. Er beugt den Kopf und nickt vor sich hin.
Genau, sagt sie, genau das! Und tippt mit dem Zingerfinger auf die Uhr an ihrem Handgelenk. Ich verlass mich auf dich.
Dann ist sie draußen. Blöder Zappelaffe, denkt er und zappelt sich langsam ruhig. Vergessen. Vergessen. Vergessen.
Tztz. Huschhusch. Weiber. Schnell jetzt, schnell! Paula kommt! Meine Paula. Ohgottohgottohgooott!

„*Nein*", sagt Tom leise, hört zu lachen auf und mustert mich für einen winzigen Augenblick. „Hast recht. Braucht nicht für alles einen Grund."

Dann ein leiser Triller durch das Sax und dann wird es weich, samtig, langgezogen. Ich falle hinein in die Melodie. Kekse mag er also, schön, ich auch ...

„Welche?", frage ich.

„Was welche?"

Ich seufze. Bisschen schwer von Begriff manchmal, diese Puderzuckerkerle.

„Kekse!"

Wieder ein Triller ... und ich denke ... jetzt ... die Nummer ... frag mich endlich, denn ... fünf Minuten nur noch. Oder gar nur mehr vier?

„Lebkuchen."

Lebkuchen ... ich nicke, lächle, Meister der Einwortsätze, Lebkuchen also.

„Aber weich müssen sie sein, bisschen wie Kaugummi. Gibt nix Besseres zum Nachmittagskaffee."

Ja. Weich. Bisschen wie Kaugummi. Natürlich! Seh ich auch so. Ist auch mein Geschmack! Und zum Nachmittagskaffee. Nein, eigentlich immer. Es kribbelt in meinen Fingerspitzen. Frag mich doch!

Aber er ...?

... fragt mich nicht ...

Spielt das Sax. Gleiche Melodie. Leiser, aber schneller. Und zwischendurch: „Keine Schiebetür." Grinsen. „Nicht mal ein Esszimmer." Neue Melodie. Laut. Leise. Wieder Grinsen. „Küche aber schon."

Wieder nicke ich. Weiß ich das also jetzt auch. Habs mir ohnehin gedacht. Gut issss! Weiß ich das also jetzt auch, was für ein Gefühl das ist, zu wissen, ob sie bei Tom daheim eine Schiebetür haben oder nicht oder ein Esszimmer oder nicht oder eine Küche oder nicht. Geil. Irgendwie. Irgendwie nicht. Irgendwie wurscht. Zwei Minuten. Scheiße. Ich stehe auf, ziehe meinen Rucksack vom Gepäckgitter.

„Ich muss."

Er steht auch auf, packt rasch das Sax in den Koffer. „Ja, du musst. Ich auch."

Da staune ich ein bisschen. Er auch raus hier? Er auch raus hier! Aber wieso? Hier ist noch nicht das Meer!

Er lächelt, als könne er meine Gedanken lesen, als wäre ich ein offenes Buch. „Umsteigen", sagt er und ich höre das Grinsen in seiner Stimme. „Nicht alle Züge fahren ans Meer."

Ach du Scheiße. Wieder ein Fettnäpfchen. Peinlich.

Ich merke, wie ich rot werde. Schon wieder. Rasch gehe ich in Deckung. „Und der hier tut es nicht?", frage ich spöttisch.

Er grinst und schüttelt den Kopf. „Der hier tut es nicht."

Und der Zug, der nicht ans Meer fährt, hält und alles geht ganz schnell. Wir packen unsere Sachen, wir hasten den Gang hinunter und raus aus dem Zug.

Viel Lärm herrscht auf dem Bahnsteig, viel Betrieb, viel Bewegung, Menschen begrüßen sich, laufen, gehen, rennen, nehmen Abschied voneinander.

Wir ... auch. Nummer, denke ich, frag mich doch endlich, frag! Jetzt hat uns das Schicksal noch ein bisschen Zeit geschenkt ...

Aber nein, er hat nicht gefragt. Kurz hat er mich noch in die Arme gezogen und ein bisschen gehalten. Ich hab seinen Duft gerochen, das Weiche seiner Haare gespürt, seine Arme, seinen Körper, seine Musik, ein wenig seinen Mund, als er über meine Wangen hinstrich wie ein flüchtiger Wind.

„Ich muss", hat er irgendwann gesagt und mich vorsichtig von sich fort geschoben, „ich will meinen Anschlusszug nicht verpassen."

Ich nicke. Nein, natürlich nicht.

Dann ... ich allein auf dem Bahnsteig und Tom ... in der Ferne schon. Winken. Lächeln. Keine Nummer. Null Minuten. Weg der Tom. Allein ich. Keine Nummer. Hat nicht gefragt er. Nicht alle Züge ans Meer.

Am Tisch in der Küche schlürft Paul den Kaffee und ... zaubert ... verzaubert die Stimmen der anderen, lässt sie ... ganz einfach ... verschwinden, sinkt leise in sein Schlürfen, schließt die Augen und dann ... dann ... schlürft sich das Meer heran, die sanften, weißen Wellen, die Brise, die Gischt ... die schönen Wörter.

„Paul", ruft Karin, „komm! Paula ist da!"
Ich sehe ihn. Dort steht er, groß, schlenkrig, aber gleichzeitig der kleinste Junge, der mir je untergekommen ist. Er dreht sich um, als er seinen und meinen Namen hört, ein Lächeln legt sich über sein Gesicht wie eine warme Brise, dann läuft er auf uns zu.

Darf ich dich ein bisschen drücken, fragt Paula und Paul hört in ihrer Stimme das Zittern der weißen Wellen, wenn sie vorsichtig auslaufen in die Strandkiesel hinein.
Bisschen drücken, bisschen drücken, murmelt er und lauscht, ob die Wellen das erlauben. Nein, ziehen sich zurück, die Wellen, rasch, ganz rasch, nein, können nicht bleiben, nein, erlauben nicht, Wellendellen hellenbellen. Er schüttelt den Kopf, springt zurück, hüpft fort, Wellendellen blöde.

Paul biegt ab, an mir vorbei, dreht eine Runde, brummt vor sich hin: „Wellendellen, Motorboot, Schiebetür". Dreht noch eine Runde, eine zweite, um mich herum, um sich selbst, dann ... endlich ... kommt er bei mir an. Streicht seine Wange kurz an meine. Kichert sein Kichern in mein Ohr. Flattert seine Finger durch mein Haar. Dann ... Stillstehen.

„Steh still, Paula", sagt er, „stille Paula stille steht."

Er lauscht. Kurz hören wir die Stille, dann: „Wellendellen. Ich schenk dir Wellendellen. Paula, magst du Wellendellen?"

Ich nicke, Wellendellen, neues Wort. „Ja, mag ich gern. Zingerfinger und Wellendellen, das ist schön!"

Er nickt. „Schön. Ja. Und die Schiebetür? Im Rucksack?"

Ich muss lachen. „Nein."

Er wird ernst. „Nicht? Keine Schiebetür im Rucksack?"

Ich seufze, schüttle den Kopf, strecke erneut meine Hand nach ihm aus, er macht einen langen Schritt zurück. „Nein, Paul", sage ich, „so eine geht doch in keinen Rucksack. So eine ist doch viel zu groß!"

Da beginnt er zu kichern, zu lachen, ganz plötzlich. „Ja, natürlich", sagt er und beginnt vor Freude zu tanzen. „Ja, natürlichnatürlichnatürlich! Natürlich zu groß! Was glaubst du denn, Paula? Bist du dumm? Dummemeine Paula! Tztz ... huschhusch ... Weiber ... dummdumm ... brummbrumm ..."

Er kreischt vor Freude und bewegt seine Hände so, als knittere er einen Ball zusammen, ganz fest und immer wieder. Dann hält er sich die Hand vor den Mund und kichert. Karin und ich schauen uns an, beginnen ebenfalls zu lachen.

„Verrückte Paula", kichert Paul, „hat eine Tür im Sackruck!"

Plötzlich, von einem Augenblick auf den anderen, wird er ernst. „Und der Plinkerplönker?"

Ich runzle die Stirn. „Und der Plinkerplönker?"

Er nickt. „Und der Plinkerplönker!"

Ich ziehe ein Gesicht. „Was ist ein Plinkerplönker?"

Er zuckt die Schultern, fällt in ein Murmeln. „Tztz. Husch-husch. Weiber. Bist du dumm, dass du nichts weißt?"

Er fuchtelt mir vor der Nase herum und das passt mir gut, denn ZACK ... hab ich ihn am Finger.

„Zingerfinger", sagt er und hält plötzlich ganz still. „Das ist der Zingerfinger."

„Ich weiß", sage ich, muss lächeln und möchte weinen, „das weiß ich doch."

„Ich schenk ihn dir", sagt er.

Ich schüttle den Kopf.

„Das geht nicht", sage ich, „deinen Zingerfinger hab ich schon. Den hab ich schon ganz lange. Schon seit letztem Weihnachten. Da hast du mir den geschenkt. Und darum kannst du mir den nicht noch einmal schenken."

„Oh", sagt er, „tztz. Huschhusch. Weiber."

Rasch zieht er seinen Zingerfinger aus meiner Hand und schaut mich ratlos an. „Schon verschenkt. Gehört mir nicht mehr." Ich höre die Enttäuschung in seiner Stimme.

„Doch", sage ich, „gehört dir doch. Aber mir eben auch. Und der Mama. Die wollte auch ein wenig von deinem Zingerfinger haben. Erinnerst du dich?"

„Mama", sagt er leise. Sein Gesicht wird ganz weich. „Mama?"

„Ja", nicke ich, „ja. Mama. Sie hat mich geschickt. Sie freut sich auf dich."

Langsam beginnt er zu lächeln. „Freut sich. Mama freut sich, Mama bleut sich. Mama keut sich."

Er fällt in sein Murmeln und ich seufze, denn das kann jetzt dauern. Doch plötzlich wird er wach und klar. „Fahren wir ans Meer, Paula? Weißt du einen Weg zum Meer?"

Ich reiße die Augen auf. Schon wieder einer, der ans Meer will. Langsam schüttle ich den Kopf, langsam wird mir das zu viel.

„Das geht nicht, Paul. Das Meer ist zu weit weg."

„Nein", sagt er und zwinkert. „Nein! Nicht weit weg. Gar nicht weit. Ich kann es immer sehen. Und hören. Muss nur die Augen schließen."

„Oh", sage ich überrascht. „Wie schön! Zeigst du mir, wie das geht?"

Wieder beginnt ein Kichern ihn zu schütteln. „Augenschließen? Wie Augenschließen geht? Tztz. Huschhusch. Weiber. Dummdumm."

Und dann nähern sich seine Fingerchen, seine dünnen, langen Fingerchen meinen Augen, ganz vorsichtig nähern sie sich, ganz leise wie mit flatterigen Flügelchen, legen sich an meine Augenbrauen, rutschen tiefer. Ich spüre die zarte Berührung, meine Lider schließen sich, er macht „Schschsch", immer wieder ganz leise „Schschsch" und dann sagt er, und es ist, als ob er Salz in seiner Stimme hätte, dann sagt er: „Das ist das Meer, Paula, das Meer!"

Und ich sehe es, das Meer. Und höre es. Wie die Wellen rauschen und die Gischt sprüht und das Blau aus der Tiefe sich vermischt mit dem Blau des Horizonts in der Ferne.

„Schschsch", macht Paul, streicht mir sacht über die Lider und ich schmecke das Meer und ich rieche es, den Tang, die Algen, die Weite, das Salz, die Ferne.

Als ich die Augen wieder öffne, sehe ich Pauls Gesicht ganz nahe vor mir. Zufrieden grinsend nimmt er seine Hände weg und dreht sich zu Karin. „Essen", sagt er, „Hunger! Hungerlungerpunger! Leckerschleckerzuckerbäcker!"

Am nächsten Morgen geht es los. Zurück nach Hause. Nachdem wir gefrühstückt und uns von Karin verabschiedet haben, fahren wir mit dem Taxi zum Bahnhof. Wir steigen aus, ich bezahle, wir gehen in die Halle und plötzlich ... höre ich ihn.

Ich höre ihn, bevor ich ihn sehe. Ich höre die Töne, wie sie sich hoch schrauben und tief, in helle, freudige Höhen, in dunkle, vibrierende Tiefen, wie sie flüstern und singen, tanzen und weinen. Ich höre die Töne, bleibe stehen, schließe die Augen, höre die Töne, höre die Musik. Seine Musik. Man kann sie sich anziehen wie ein luftiges Gewand. Sie ist so leicht, so zart. Sie ist ein Flatterding. Wenn man sie trägt, kann man fliegen.

„Paula", sagt Paul, „Paula", und rüttelt mich an den Schultern. „Was ist das?"

Ich muss lächeln. „Das ist Tom", sage ich. Und trete aus dem Schatten in die Sonne.

Das Licht ist wie ein Wespenstich, grell und zuckend, aber das macht nichts, in der Nacht wird der Mond alles milde machen, wird wie eine halbe Zitronenscheibe geruhsam den Himmel anleuchten, wird ...

... aber da sind wir schon zu Hause, Paul und ich. Und Tom?

Wir werden sehen, denke ich und staune. Das habe ich noch nie gedacht. Dass wir sehen werden. Dass es Möglichkeiten gibt. Dass die Erde eine Scheibe ist oder doch eine Kugel oder doch eine Scheibe oder doch eine Kugel. Möglichkeiten eben. Manches offen. Nicht alles zu und fertig. Und ins Meer kommen die Wünsche von allein.

Und der dort ... der dort ... ich sehe ihn. Ich schau ihn an. Ich muss ihn anschauen. Er ist so schön. Leuchtet in der Sonne mit dem Sax am Mund.

An eine Mauer gelehnt steht er da, um ihn herum liegt ein bunter Wust an Sachen. Langsam gehe ich hin, er lächelt, und

die Sonne, wenn sie nicht schon da wäre, müsste jetzt auf-
gehen, müsste rot und golden sein. Leuchten.
Ich muss grinsen, was für ein Pathos! So kann das Leben also
auch sein, so schön, fast schon kitschig.
Tom lächelt und hat längst das Sax vom Mund genommen. Es
ist ganz still und ich weiß, irgendwann werden wir nur noch
die Stille hören und das wird peinlich sein und darum sollten
wir jetzt was sagen und diesen Zauber brechen, dieses hitze-
verbrannte Zauberding, aber ich kann nichts sagen, wahrscheinlich kann ich nie wieder was sagen, wahrscheinlich bin
ich stumm bis an mein Lebensende, wahrscheinlich sind
unsere Münder eingefroren und unsere Lippen.
Das ist Quatsch bei dieser Hitze, aber wahrscheinlich ist es
trotzdem so. Ich spüre die Spucke im Mund und dass ich
schlucken sollte, aber schlucken ist so laut und die Stille ist
so still und also schlucke ich nicht, denn ich will die Stille
nicht zerbrechen, niemand sollte das, denn die Stille macht
Wege hin zu ihm, zu Tom, da kann ich in seine Augen krie-
chen, einfach in seine Augen hinein und später ... später ... oh
mein Gott, vielleicht sollte ich jetzt doch einfach mal Luft
holen ...

Luft holen.

Jetzt! Und schlucken. Jetzt!
Was bin ich, he, Leute, was bin ich hirnverbrannt und blöd!
Vielleicht aber auch nicht, denn ich checke langsam, dass der
hier, DER HIER zurückgekommen ist, dass DER HIER doch
nicht weitergefahren ist, dass DEM HIER der Anschlusszug
plötzlich wurscht war, dass DER HIER in seinem Schlafsack am
Bahnhof geschlafen hat oder irgendwo in der Pampa, dass DER
HIER auf mich gewartet hat, auf MICH ... vielleicht ... echt ...

auf ... mich ... auf ... MICH ... weil ... weil ... weilweilweil ... es einfach so ist ...

... es ... einfach ... so ... ist ...

Und als ich das gecheckt habe, seufze ich aus tiefster Seele, kichere wie so eine kleine Gans und versinke erneut in diesem perfekten Bild, Tom und das Sax, das Sax und Tom ... aber plötzlich gibt es Dissonanzen. Plötzlich ist alles anders. Jemand stört.

Paul stört.

Paul zieht am Saxofon, Paul zieht an Toms Haaren. Paul tupft seinen Finger an Toms Wange, an Toms Schulter, an Toms Bauch. Paul betupft Tom am ganzen Körper, am ganzen Sax, als müsste er prüfen, ob das alles echt ist.

Wie entsetzlichentsetzlichentsetzlich peinlich! Ich könnte schreien vor Scham und möchte Paul zurückhalten, möchte etwas sagen, aber ich bin stumm, erstarrt, in eine Peinlichkeitsstarre gefallen. Im Sax spiegelt sich die Sonne, tausend kleine Punkte glitzern und blinken. Paul beugt sich vor, taucht seine Nase in das Licht, als wolle er es riechen, und das Licht narrt ihn, es hüpft herum, gleißt sich an ihn heran, an seine Wangen, an seine Augen, er jault auf, dreht sich weg, springt einen Schritt zurück, lacht, schreit: „Der Plinkerplönker! Der Plinkerplönker!"

Er schreit und plärrt und schreit und plärrt ... und endlich erwache ich aus meiner Starre.

„Paul! Schluss!"

Aber es ist ihm wurscht. Er hört nicht auf. „Plinkerplönker", plärrt er, „Plinkerplönker!"

Ich möchte versinken. Was soll Tom denken? Ich möchte versinken. Paul macht mir alles kaputt, alles. Die Leute auf dem

Bahnsteig drehen sich um, schütteln die Köpfe, schauen uns an, uns, die Bescheuerten, die Freaks. Ich möchte versinken. Und plötzlich, aber plötzlich klingen wieder Töne auf. Weich wie Sommerregen, wie der Samt meiner Winterjacke, wie ... Und Paul wird still, dreht sich zur Musik, lauscht, seine Ohren werden rot, meine auch, ich starre ins Niemandsland. Dann schweigt das Saxofon. Dann höre ich ein leises Lachen. „Plinkerplönker? Ziemlich abgefahren. Passt zur Schiebetür." Ich fahre herum. „Was?"

Tom grinst und trommelt mit den Fingerspitzen einen metallischen Takt auf den Körper des Saxofons. „Plinkerplönker! Echt cool! Da hast du vielleicht echt recht, Herr Specht."

Selig beginnt Paul zu lächeln. „Echt recht", flüstert er, „echt recht! Echtrechtechtrecht."

„Vielleicht", sagt Tom und plötzlich muss ich an Schokolade denken, keine Ahnung warum, an Milchschokolade, die, wenn man sie in die Sonne legt, ganz weich wird; die, wenn man sie in den Mund nimmt, noch weicher wird und auf der Zunge schmilzt, durch die Speiseröhre flutscht und den Magen auslegt, so weich wie eine Schutzschicht, dass nichts, nichts dir mehr weh tun kann für diese kurze Zeit und überhaupt. „Vielleicht", sagt Tom, „vielleicht bin ich wirklich ein Plinkerplönker, was immer das ist."

Da kehre ich zurück in die Wirklichkeit. Also echt, Leute, echt, hab ich jetzt gerade an schmelzende Schokolade gedacht, tatsächlich und wahrhaftig an schmelzende Schokolade?? Haben die mich jetzt also schon angesteckt, diese beiden Spinner mit dem Plinkerplönker. Plinkern und plönkern die uns in ein Schlaraffenland, das es sowas von null nicht gibt?

Ich sollte mich fernhalten!

FERNHALTEN! Echt!

Aber da beginnt er wieder am Sax zu fummeln, dieser Kerl, dieser Spinner, und Töne klingen auf und ich weiß, fernhalten ist nicht mehr, geht nicht mehr, geht auf alle Fälle überhaupt nicht mehr ...

„Vielleicht ich oder vielleicht das hier."

Er hebt das Sax in die Sonne und es leuchtet in tausend Lichterpunkten. „Vielleicht ist das hier der Plinkerplönker. Siehst du, wie es blinkt und blönkt, Paul?"

Paul nickt. „Ja", sagt er voller Ehrfurcht und lässt den Mund offen stehen. Gleich wird der Sabber laufen.

Tom lächelt. „Du bist also Paul", sagt er. „Ja", sagt Paul und macht den Mund nicht zu. Gleich wird der ...

„Und ich bin Tom", sagt Tom.

„Bist Tom", sagt Paul und macht den Mund endlich zu, Gott sei Dank kein Sabber. „Ja, bist Tom. Und ich Paul."

„Ja", sagt Tom, „du Paul. Ich weiß. Und das ist echt ... necht schlecht."

„Ja", sagt Paul, „und das ist echt ... necht recht schlecht."

Da klicke ich mich weg, setze mich auf die Bank, halte mein Gesicht in die Sonne und mache die Augen zu, denn vielleicht geht das jetzt eine Weile so weiter, das mit den Jungs. Dass die mich nicht brauchen. Wie gut, denke ich, das ist soooo gut und vielleicht, ja, vielleicht ist das mit dem Plinkerplönker gar keine schlechte Sache, echt necht, echt necht schlecht!

„**Wieso** ...", frage ich.

„Wieso was ...", fragt Tom.

„Wieso du ..."

„Wieso ich ... was"

„Wieso du hier ..."

„Wieso ich *nicht* hier ..."

„Tz!"

Paul kichert. Und klatscht in die Hände. „Neues Spiel!"

„Magst du ...", fragt Tom.

„Mag ich ...", frage ich.

„Magst du, dass ..."

„Mag ich *was*, dass ..."

„Magst du, dass ich hier bin?"

Paul kichert. Tom lächelt.

Und ich?

Ich mag, dass er hier ist. „Ich mag, dass du hier bist."

Tom lächelt: „Ich auch."

Paul kichert, klatscht in die Hände. „Wieder", sagt er. „Noch einmal! Schönes Spiel! Ich jetzt!"

„Okay", sagt Tom.

„Okay", sage ich.

„Hast du ...", fragt Paul und schaut Tom an, „hast du ...?"

„Habe ich ...", fragt Tom und beginnt zu grinsen.

„Hat er ...", frage ich und beginne zu grinsen.

„... eine Schiebetür", fragt Paul, fragt Tom, frage ich. Alle gleichzeitig. Alle. Gleichzeitig. Und lachen. Eine Schiebetür. Alle. Gleichzeitig. Und Tom sagt: „Nein. Keine Schiebetür, Paul. Keine. Leider."

„Okay", sagt Paul und zieht eine Schnute. „Neues Spiel. Tom ist dran."

„Deine Nummer ..."

„Meine Nummer ..."

„Hatte ich ..."

„... nicht?"

Er schüttelt den Kopf. „Nein, hatte ich nicht."

„Und du magst ...?"

„... sie aber haben."

Stille dann für dreimal Wimpernschlagen. Ich atme durch. Wie tief man atmen kann. Wie tief man die Stille spüren kann.

„Leckerschlecker", sagt Paul, während er sein erstes Jausenbrot verdrückt, und die Stille ist Stille gewesen, „leckerschlecker ... Zuckerbäcker."

„Sch", sage ich, „man spricht nicht mit vollem Mund." Und bin doch froh, dass er spricht, der Paul, dass er mich ablenkt von Tom und meinen roten Ohren und dem Spiel, das wir spielen. Ich sehe, dass Tom das Sax ansetzt und warte auf die Musik. Immer braucht es diese winzig kurze Zeit, dass die Töne sich freischwingen aus dem goldenen Klangkörper und hinein in die Unendlichkeit des Universums, oder besser: in die Unendlichkeit meiner roten Ohren. Ich schaue in Toms Augen, während das Sax sich heranstreichelt, sich heranschmeichelt. Suche die Wärme darin und das Lächeln. Finde alles, was ich finden möchte. Er wird sie bekommen, meine Nummer ... sicher, ganz sicher, und sollte er doch nicht fragen, drück ich sie ihm trotzdem aufs Auge, er hat keine Chance, er muss sie einfach nehmen ...

Später in der Sattheit, in der Schläfrigkeit fragt er: „Bekomme ich ..."

„Du bekommst ...", sage ich.

„**Wo** fährst du hin?", fragt Paul.

„Ans Meer", sagt Tom.

Nein! Das hätte er jetzt nicht sagen sollen! Doch zu spät, schon beginnt Pauls Gesicht zu leuchten.

„Ans Meer", flüstert er. „Ans Wogewasserwiegewassermeer ..."

„Ja", grinst Tom, „genau dahin. Schönes Wort. Muss ich mir merken. Sagst du's nochmal?"

Das Leuchten in Pauls Gesicht verstärkt sich, wird weich und breit und tief. „Wogewasserwiegewassermeer", flüstert er, „was machst du da am Wogewasserwiegewassermeer?"

Tom zuckt die Schultern. „Weiß nicht", sagt er, „nichts. Gar nichts. Will einfach nur da hin. Ans Wogewasserwiegewassermeer. Den Wellen zuschauen. Mich in ihnen wiegen. Mich in ihnen wogen. Musik machen. Salz schmecken. Nichts."

Pauls Gesicht leuchtet. Oje, denke ich, oje. Pauls Gesicht leuchtet! Ich beginne mir Ausreden auszudenken, Ablenkungsmanöver, Ausreden. Aber zu spät. Pauls Gesicht leuchtet.

„Will mit", sagt Paul, springt hoch und tanzt im Rhythmus der Worte. „Will mit ans Wiegewogenichts, ans Wiegewogelichts, ans ..."

Er stockt, lauscht, keine Ahnung, wohin ... was jetzt, denke ich, was jetzt, wie bring ich ihm die Flausen aus dem Kopf?

Er dreht sich zu mir um und nimmt meine Hand. „Komm", sagt er, „komm! PaulaPaulTom ans Meer."

„Nein", sage ich. „Kommt überhaupt nicht in Frage", sage ich. „Ihr spinnt doch", sage ich.

Aber sie sitzen nur da und schauen mich an.

„Mama bringt mich um", sage ich. Sie schütteln den Kopf. „Glaub ich nicht", sagt Tom. „Glaub ich nicht", sagt Paul.

„Woher willst du das wissen?", fahre ich Tom an. „Du kennst sie doch gar nicht!"

Tom zuckt die Schultern. Paul zuckt die Schultern. Ich verdrehe die Augen. Mein verrückter großer Bruder ist zahm wie ein Lämmchen, seit Tom in seiner Nähe ist.

„Also, wenn sie nur ein bisschen so ist wie du", sagt Tom, „dann bringt sie dich nicht um."

„Also, wenn sie nur ein bisschen so ist wie ...", beginnt Paul.
Ich fahre herum und funkle ihn an. Erstaunlicherweise genügt
das. Er verstummt und zieht den Kopf ein.

Sie warten. Beide. Auf meine Entscheidung. Ich bin der Boss.
„Es geht nicht", sage ich, doch gleichzeitig spüre ich schon das
Teufelchen, das sich in mich eingeschlichen hat. Ich ahne, es
wird ein Kampf werden, drei gegen einen.

PaulaPaulTom ans Meer ...

Ich schüttle den Kopf. Was für ein Unsinn! Ein Traum viel-
leicht, eine Vorstellung, eine Idee, aber doch nicht mehr! Die
Eltern warten auf uns ... machen sich Sorgen ... am Wochen-
ende ist die große Feier ...
„Wir haben überhaupt nichts dabei", sage ich, „keine Reserve.
Von nichts. Ich nicht. Und du auch nicht, Paul."
„Was willst du denn dabeihaben? Was denn für Reserven?"
Ich verdrehe die Augen, stöhne kurz auf. Kerle haben keine
Ahnung! „Ein weiteres Paar Shorts zum Beispiel? Und T-Shirts?
Und Unterwäsche? Und Pullover? Und Jacke? Und Schuhe?"
„Aber du hast doch was an", grinst Tom. „Ist das nicht genug?"
„Nein", sage ich, „nein, das ist nicht genug. Ganz und gar nicht
genug."
„Aber", sagt Tom, „was brauchst du denn mehr als eine Shorts
und ein T-Shirt?" Er grinst. „Ein Sommer – eine Shorts – ein
T-Shirt. Was brauchst du mehr? Wenn dir das dann am Ende
des Sommers vom Leib fällt, hat es doch seinen Zweck erfüllt.
Und wir reden ja nicht mal vom Ende des Sommers. Wir reden
nicht mal von der Mitte. Wir reden bloß von zwei oder drei
Tagen."
Er wendet sich Paul zu. „Oder, Paul?"

Paul nickt eifrig. War ja klar! Was habe ich erwartet!

„Tz", sage ich und rümpfe die Nase. „Tztz! Ihr kennt euch ja überhaupt nicht aus! Ihr seid ja sowas von Niemandsland!"

„Niemandsland", sagt Paul leise und nachdenklich, „Niemandsland. Schön! Gehört keinem. Gehört niemandem. Dann allen. Dann auch mir."

„Und wenn dir kalt ist", sagt Tom, „dann borge ich dir meinen Pullover. Den kennst du ja schon." Er lächelt.

„Ja", sage ich und werde ein bisschen rot, „ja, den kenne ich schon."

Und ich muss ... an Spuckefäden denken, die sich in Pulloverärmeln verschmirgeln, meine Spuckefäden von gestern, von *als-wir-im-Zug-saßen-und-er-nicht-nach-meiner-Nummer-fragte.*

„Spuckefäden", sage ich leise und: „Genau, Spuckefäden", sagt er leise, „machen alle, ist nicht schlimm, passiert allen."

Er lächelt. Seine Puderzuckerhaare fallen ihm ins Gesicht. Und ich? Bin plötzlich ganzganzganz mutig, beuge mich vor, lege kurzkurzkurz, ganzganzkurz ... meine Finger ... an diese ... Haare und die Zeit ... die Zeit bleibt stehen ... über mir ... über uns ... und dann sinkt sie ... in mich hinein ... in uns hinein ... und wir sind ... ein bisschen ... ewiglich ...

Wow! ... ewiglich ... ich bin eine Dichterin.

Paula, denke ich, Paula, reiß dich zusammen! Was für ein Kitsch! Was für ein Schrott! ... *Zeit bleibt stehen ... sinkt ... in mich ... in uns hinein ... ewiglich ...* Quatschequatschekuchen, der Bäcker hat geruchen ...

ABER!

Leute!

So ist es gewesen!

Lasst es euch gesagt sein!

Genau so! Und der Paulchen war Zeuge und kann es beschwören! Das kann ich beschwören!

Okay. Zurück! Es ging um fehlende Kleidung. Es ging um fehlende Erlaubnis. Es ging um überhaupt. Ich bin der Boss. Das ist das Wichtigste. Und ich verliere gerade jegliche Autorität vor meinen Jungs. Denn ich schwanke. Gehörig. Das Teufelchen in mir. Ich habe es geahnt ...

„Aber ...", sage ich, „aber ..."

„PaulaPaulTom ans Meer", sagt Paul und lächelt.

So einfach ist das. So einfach.

Und also auch so rasch entschieden, obwohl ich mich bis ans Ende meines Herzens seufze, weil ich weiß ...

... weil ich weiß ... weil ich weiß ... weil ich weiß ... es wird ... schwer, sauschwer!

„Ich rufe Papa an", sage ich schließlich, „er muss es Mama verklickern. Dass sie es verstehen kann. Denn sie wird das null verstehen."

Sie lächeln, die Jungs, sie hocken in ihren Schutzwinkeln in der Sonne und lächeln. Sie vertrauen mir, Paul vertraut mir, ich bin sein Fels in der Brandung, sein Schatten in der Wüste, sein *supergirl* ... und dabei bin ich doch nur seine kleine Schwester, eine von den „Normalen", eine, die zufällig auf die andere Seite des Lebens gefallen ist, auf die, die einfacher funktioniert. Ach Paul, denke ich, ach Paul, und bin für ein paar Augenblicke traurig.

„Und am Samstag sind wir ja da. Zu Opas Geburtstagsfeier", rede ich mir selber gut zu. Die Jungs nicken. Und lächeln.

Papas Handy weit weg auf seinem Tennistrip klingelt. Mein Herz klopft schneller. Heb nicht ab, Papa, denke ich und spüre die Panik, die mich schlucken will, heb nicht ab, sei einfach nicht da, sei mit deinem Kumpel auf dem Tennisplatz oder eine Runde golfen oder von mir aus ein Bier trinken, aber sei dieses eine einzige Mal einfach nicht da, dann erledigt sich alles von selbst, dann muss ich Paul und Tom sagen, leider, leider, keiner da, Papa beschäftigt, Mama sowieso, wir müssen jetzt wohl doch heimfahren. Kein Meer. Meer ein anderes Mal. Aber Papa ist da. Papa hebt ab.
Meine Haut beginnt zu prickeln.

HILFE

Nun muss ich einmal grundsätzlich feststellen, dass unser Vater grundsätzlich ein vernünftiger Mann ist, und dass er deswegen grundsätzlich auf alle Fälle einmal auszucken wird. Denn vernünftige Menschen brauchen Argumente, und wenn ich etwas nicht habe, dann genau das. Keine Argumente, nichts Hieb- und Stichfestes. Nur ein „Papa, wir fahren noch ans Meer. Bitte sag es Mama." Und das ... ist nichts. Was heißt nichts. Es ist nicht nur nichts, es ist sogar nichtsnichts, es ist das absolut Nichtseste und Falscheste, das man sich vorstellen kann. *Papa, wir fahren noch ans Meer, bitte sag es Mama.*
Völlig bescheuert! Völlig!
Wie konnte ich außerdem glauben, dass man durchs Telefon *nicht* den Kopf abgerissen bekommen kann. Man kann! Ja, Leute, echt, das geht! Plötzlich hat man das Gefühl, dass man beim Hals aufhört, dass da nix mehr ist, ein paar Drähte vielleicht, die dann in der Gegend herumzappeln.
Aber vielleicht besser von vorne!
Also.

Wie gesagt: Papa ist da. Papa hebt ab. Sogar ziemlich schnell und auf der Stelle.

Meine Haut beginnt zu prickeln.

HELP

„Hallo, Paula", sagt er. Sofort höre ich die Überraschung und vor allem die Sorge in seiner Stimme. „Ist alles in Ordnung?"

„Klar", sage ich. „Was soll nicht in Ordnung sein?"

„Na ja", sagt er, „ich dachte nur. Weil du einfach so anrufst."

„Na ja", lüge ich, „ich ruf halt einfach so an."

„Aha", macht er, „du rufst aber nie einfach so an."

Blödmann. Hilfe. Blödmann. Pause.

„Wo seid ihr denn? Im Zug? Schon fast daheim? Mama holt euch dann vom Bahnhof ab, wie ausgemacht! Aber das weißt du ja."

„Ja", druckse ich herum und weiß nicht weiter. Aber er ist ja ein Super-Checker, unser Vater, und treibt mich in die Enge.

„Paula? Was ist los?"

„Äh", mache ich, „äh ...", und dann nichts mehr.

„Sag es einfach, Paula", sagt er und ich höre am Klang seiner Stimme, dass er die Stirn runzelt, die Augen zusammenzieht und dass wir uns exakt an jenem Punkt in der Zeit befinden, wo man Argumente bräuchte, wo einem Argumente das Leben retten könnten.

„Ich höre, Paula!"

Scheiße, denke ich, keine Argumente, es gibt keine Argumente, es ist einfach so ein *Weil-es-eben-einfach-so-ist-Ding*, aber wie, bitteschön, wie, Leute, soll man das so in Argumente fassen, dass auch der vernünftigste Erwachsene es versteht. Und billigt. Und einsieht. Und nickt. Und sagt: „Okay, Paula, okay. Das ist das Vernünftigste, das ich jemals gehört habe."

Na ja, ich meine, das ist jetzt natürlich übertrieben, ich meine, so viel Verständnis erwarte ich gar nicht, bloß ... ein bisschen ... bloß, dass er uns einfach lässt.

Ich sage „Daddy", das hilft eigentlich immer, „also, Daddy" und will erklären, weitläufig, großräumig, aber ...

Er schüttelt den Kopf. Ich spüre das durchs Telefon. Ich spüre, wie mir sein NEIN entgegenwächst, wie es groß wird und unüberbrückbar.

„Nein, Paula, nein! Nichts *Daddy!* Das hilft dir jetzt nicht. Sag mir auf der Stelle, was da läuft bei euch!"

Da zerplatzen alle meine großräumigen Erklärungsabsichten. Und ich sage einfach, was da läuft bei uns. Ich sage es leise und zittrig, aber ich sage es. „Ans Meer", sage ich, „wollen wir noch."

Kurz ist es still. Dann, langsam, wie in Zeitlupe: „Was wollt ihr?"

„Ans Meer."

Wieder Stille. Dann wiederholt er es. „Ans Meer."

Es sind nur zwei Worte, aber ich höre an seiner Stimme, dass er sich fragt, ob ich bekifft bin. Oder besoffen. Oder blöd geworden. Vielleicht denkt er sich's in einer anderen Reihenfolge, vielleicht denkt er sich's in einer anderen Ausdrucksweise, aber: Er denkt sich's!

Seine Stimme ist voller Widerhaken, seine Stimme ist das personifizierte Nicht-Glauben-Können. Ich schließe meine Augen und nehme meinen ganzen Mut zusammen, um mich ihm entgegenzustellen.

„Ja", sage ich, „genau."

Er schnappt nach Luft. „Paula", sagt er, „spinnst du?"

„Nein", sage ich vorsichtig, „nein, ich spinne nicht."

Wieder Schweigen. Kurz. Aber lang genug, dass ich mein Herz spüre und merke, es pocht wie ein Presslufthammer.

„Was ist das für eine verrückte Idee? Das kommt überhaupt nicht in Frage! Wie kommst du bloß auf eine so verrückte Idee?"

Ich schlucke. Irgendwie ist alles noch schwieriger als erwartet. Ich habe gehofft, er fällt in sein übliches Schema. Ein bisschen Erziehungsberechtigter spielen, sich schrauben, Vortrag halten und sich dann zufrieden verdrücken und Ruhe geben. Diesmal jedoch scheint alles anders.

„Antworte mir, Paula!"

„Es war nicht meine Idee. Es war Pauls Idee. Paul will dahin. Mit mir." Und mit Tom, denke ich, aber das ... sage ich lieber nicht.

„Pauls Idee. Aha."

Ein kurzes Auflachen. Ohne Wärme. „Pauls Idee also! Und das nimmst du ernst!? Paul wollte auch schon mal auf den Mond. Sind wir deshalb auf den Mond geflogen?"

Ich hasse es, wenn er zynisch wird.

„Papa! Bitte! Sei nicht so!"

Ich spüre Tränen aufsteigen, wende mich ab, gehe ein paar Schritte weg von den Jungs, Paul soll das nicht sehen, nicht hören.

„Ich bin aber so, Paula", sagt mein Vater, der, das spüre ich, immer zorniger wird. „Ich bin aber so, wenn du mit solch idiotischen Sachen daherkommst! Dann muss ich so sein! Was glaubst du wohl, würde eure Mutter sagen? Die ist ohnehin krank vor Sorge! Du hast doch keine Ahnung, was es bedeutet, mit Paul ans Meer zu fahren. Ihr sitzt stundenlang im Zug. Er wird müde werden. Du wirst müde werden, aber trotzdem wirst du ihn nicht aus den Augen lassen dürfen. Weil man ihn eben nicht aus den Augen lassen darf. Und was ist, wenn ihr da seid? Was ist dann?? Wie werdet ihr euch zurechtfinden? Wo werdet ihr schlafen? Was werdet ihr essen? Ihr habt doch gar nicht genug Geld! Und was macht ihr am Meer? Paul kann nicht schwimmen! Paul fürchtet den Sand. Paul fürchtet das Wasser. Paul fürchtet alles. Und Paul verirrt sich! Paula! Paula!! Was ist dir denn da eingefallen!?"

Er verstummt. Pause. Ich weiß nicht, was ich sagen soll. Er merkt es, denn seine Stimme kommt wieder, ein bisschen milder diesmal. „Ich weiß, dass du das gut gemeint hast, Paula, ich weiß das, aber ..."

Wieder Schweigen. Und wieder kommt seine Stimme. Und ist plötzlich ganz weich. „Es tut mir leid, Paula, aber ich kann das nicht erlauben. Eure Mutter würde mir das nie verzeihen."

Da werde ich zornig. Ja, genau. Zur Abwechslung ICH!

„Worum geht es hier eigentlich?", frage ich. „Worum geht es hier? Um dich und Mama? Dass sie sich ständig Sorgen macht? Tag und Nacht! Ständig! Immer! Oder geht es um mich und Paul? Und dass Paul einen Wunsch hat und ich ihm den gerne erfüllen würde für drei läppische Tage! Ihr habt das doch auch gemacht, du und Mama! Davon erzählt ihr doch ständig! Von euren spontanen Trips ans Meer mit Rucksack und Zelt! Dass ihr an den Stränden geschlafen habt! In den Zügen! Was weiß ich noch alles!"

Wieder wird er unwirsch. „Ach, Paula, was soll der Unsinn! Das kannst du doch überhaupt nicht vergleichen!"

Ja, Blödmann! JA! Klar kann ich das nicht vergleichen! Na und? Muss ich dir das auf die Nase binden? Ich will jetzt einfach recht haben! Ich hab ein Recht aufs Rechthaben!

„Und wieso nicht? Wieso kann man das plötzlich nicht vergleichen?"

Er seufzt. „Ach, Paula, komm!"

„Nein", sage ich und schalte auf stur. „Nein, erklär's mir!"

„Also gut." Seine Stimme ist kühl, ich fröstle in der Julisonne. „Also gut. Wenn du meinst."

Ich drehe mich um. In ein paar Metern Entfernung sitzen Paul und Tom friedlich nebeneinander und schauen mich vertrauensvoll an. „Erstens", sagt mein Vater in mein Ohr, „erstens waren wir älter, Paula, wir waren siebzehn, als wir mit dem Trampen begonnen haben, und du bist fünfzehn."

Okay, denke ich, Tom und Paul sind auch siebzehn, das passt also, das passt, aber wieder weiß ich, dass ich ihm das nicht sagen kann, dass das sowas von kein Argument ist.

„Aber, und das wissen wir beide", fährt mein Vater fort, „das ist nicht der Punkt, denn ich weiß, dass ich mich auf dich verlassen kann. Auf dich."

Wieder Schweigen. Als er fortfährt, ist seine Stimme ganz weich. „Der Punkt, Paula, der Punkt ist, wir beide damals, deine Mutter und ich, wir beide waren ... gesund, so wie du ... aber Paul ... Paul ist ... nicht gesund. Das weißt du doch."

Ja.

Ja!

JA!

Verdammte Scheiße noch mal!

Das weiß ich! Ich weiß es doch ... Mein Zorn verfliegt, löst sich ins Nichts. Plötzlich werde ich müde. Schrecklich müde. Weil ich es weiß. Weil ich weiß, dass er recht hat, dass er scheißenochmal recht hat. Aber manchmal kann Rechthaben einfach nicht alles sein.

„Paul", fährt Papa fort, „ist unberechenbar, das weißt du doch, Paula. Paul tut, was ihm gerade in den Sinn kommt, ohne zu denken, ohne zu überlegen, ob etwas gefährlich sein könnte."

Er seufzt. „Und ich will nicht, Paula, ich will nicht, dass du diese Verantwortung tragen musst. Das sollen Erwachsene tun, aber nicht du, Paula, du bist noch nicht erwachsen."

Da flammt mein Zorn wieder auf. „Aber ihr habt mich allein losgeschickt, um ihn zu holen. Du bist lieber Tennisspielen

gefahren. Was ja nix Neues ist. Wo also ist der Unterschied?"
Ich höre ihn tief Luft holen. „Ja", sagt er leise, ich spüre sein
schlechtes Gewissen, „ja, das haben wir getan. Und das hätten
wir wohl nicht tun dürfen. Aber es war ...", er stockt, sucht
nach Worten, „es war einfach so eine Scheißsituation ... dieser
Geburtstag, ich hatte diese Woche doch schon gebucht und ..."
Er bricht ab, dann: „Entschuldige, Paula. Es tut mir leid!"
„Was", frage ich, „was tut dir leid?"
„Dass ich dich in diese Lage gebracht habe", sagt er, „dass der
Paul dich in diese Zwickmühle bringen konnte. Und ich wäre
jetzt wirklich gern bei dir, mein Mädchen, das kannst du mir
glauben, und dann würde ich mit euch ans Meer fahren."
Nein, denke ich und werde noch müder, nein, das würdest du
nicht. Du würdest uns nach Hause verfrachten, uns bei Mama
abliefern, deine Laufschuhe auspacken und die längste Lauf-
strecke laufen, die du kennst, damit du Ruhe vor uns hättest,
RuheRuheRuhe. So machst du's immer, Papa. An Wochen-
enden. Im Urlaub. Wenn du nicht ins Büro kannst. In dein
Scheiß-Büro. In dem du dich verschanzt, wann immer es geht.
Weil es der Ort ist, wo du Ruhe hast. Vor uns.
Ich knicke ein. Ich habe das noch nie so klar gesehen. Und ich
weiß gar nicht, ob er selber das so klar sieht. Und irgendwann,
irgendwann werde ich ihm das sagen müssen.
Stille jetzt. Im Telefon. Und überhaupt. Bloß das Rauschen
meines Herzens höre ich. Bloß das. Und dann auch wieder
Papas Stimme.
„Du bist doch mein kluges Mädchen, Paula, und darum setzt
du deinen Bruder jetzt in den Zug und bringst ihn nach Hause
und alles ist gut."
Er seufzt. Ich lausche dem traurigen Klang seiner Stimme
nach. Nichts ist gut. „Dein Bruder ist ein Kind, Paula. Und er
wird immer ein Kind bleiben. Das weißt du doch."

Ja, denke ich, das ist die Traurigkeit seines Lebens, dass sein Sohn immer ein Kind bleiben wird. Und ja, natürlich weiß ich das auch, aber wissen ist etwas anderes als glauben und träumen und ahnen. Wieso, Papa, weißt du das nicht, wo du mindestens so klug bist wie ich. Wieso weißt du nur, was du weißt? Wieso ahnst du nicht? Wieso glaubst du nicht? Wieso träumst du nicht?

Plötzlich muss ich lächeln, weil ich noch nie so sehr gewusst, noch nie so sehr gespürt habe, noch nie so sehr wie in diesem Augenblick, dass Paul immer in meinem Herzen sein wird.

Und ich verzeihe unserem Vater, dass er nicht mehr glaubt, nicht mehr hofft, nicht mehr wünscht und träumt. Er ist erwachsen. Erwachsene verlieren manches auf ihrem Weg durch das Leben.

„Ja, Papa", sage ich milde, „ich weiß schon, dass Paul immer ein Kind bleiben wird. Aber ... lass ihn doch einfach so erwachsen sein, wie er eben ist. Und hast nicht gerade du das zu Mama gesagt?"

Stille. Wieder. Es hat ihm wohl ein bisschen die Sprache verschlagen. Kommt selten vor. Na ja ... Manager. Anführer. Rudelboss. Ist es gewöhnt, recht zu haben. Und wenn nicht, dann ... Staunen. So wie jetzt: „Hab ich das? Ja. Hab ich wohl. Meinst du? Meinst du wirklich?"

„Ja", sage ich bestimmt, „hast du. Und ja, ich meine wirklich. Ich meine es so wirklich, wie es wirklicher nicht geht. Und darum fahren wir jetzt ans Meer."

Ich schließe die Augen. Hole tief Luft. Spüre, wie müde ich bin. Dass mir die Knie zittern. Dass ich dreizehn Jahre schlafen könnte. Am Stück. Ohne Pause.

Aber das wird nicht gehen. Ich werde mich zusammenreißen müssen. Wir fahren schließlich ans Meer. Ich habe gewonnen. Ich weiß es. Manchmal muss man gewinnen.

„Aber Paula ..."

„Nein, Papa! Kein Aber mehr!"

Er muss es einsehen. Er muss einfach. Und wenn er's nicht einsieht, dann ... ja, dann fahren wir ohne sein Einsehen. Aber wir fahren. Auf alle Fälle. Und als ob er das ahnen würde, sagt er endlich: „Bist du wirklich sicher, Paula, dass du weißt, worauf du dich da einlässt? Ist dir klar, wie anstrengend das für dich werden kann?"

Nein, natürlich weiß ich nicht, worauf ich mich einlasse. Nein, natürlich weiß ich nicht, wie anstrengend das für mich werden kann. Aber weiß man denn jemals vorher, worauf man sich einlässt, wie es wird? Anstrengend oder nicht? Schön oder nicht?

„Klar, Papa", sage ich, „klar weiß ich, worauf ich mich einlasse. Klar weiß ich das alles. Was glaubst du denn? Ich meine, ich kenne Paul mein Leben lang."

„Ja", sagt er, „das stimmt allerdings. Trotzdem ..."

Ein letztes Kopfschütteln. Ein letztes Nachdenken. Ein letztes Ringen mit sich selbst.

Dann ... nickt er.

Zwar kann ich das nicht sehen durchs Telefon, aber ich bin sicher, dass er nickt. Und fertigdenkt, was da begonnen hat, in ihm zu denken. Und dann: „Also gut, Paula, also gut. Ich werde versuchen, es eurer Mutter beizubringen. Hoffen wir, dass es nur ein halber Herzinfarkt wird."

Ich höre ihn die Luft ausstoßen, ich sehe ihn sorgenvoll lächeln und dann sehe ich Mama vor mir, ihre großen braunen Augen, in die sie alles hineinpacken kann, was sich in ihrem Herzen manchmal so ansammelt. Kurz möchte ich mich beamen können, so ZACKZACK von einer Sekunde auf die andere. Ich würde mich in ihre Arme beamen, ihre Arme würden mich umschlingen und wir wären einander ganz nahe.

„Du machst das schon", sage ich und hoffe, dass wir das irgendwie packen werden, wir alle bis zum Samstag, bis zum
Geburtstag, bis unser Großvater mit Schweinsbraten und
Nusstorte und der ganzen großen Familie wieder ein Jahr älter
wird.

„Dann fahrt in Gottesnamen", sagt Papa und macht einen
Stoßseufzer, „und ich lade dir jetzt auf der Stelle Geld auf
deine Karte und ihr nehmt das beste Hotel im Ort und wenn
irgendetwas ist, Paula, wenn irgendetwas ist ..."

„Dann ruf ich dich an, Papa."

„Ja", sagt er. „Dann rufst du mich an."

„Backt schöne Kuchen", sage ich, „wir werden vielleicht ziemlich hungrig sein am Samstag. Wer weiß, wann wir wieder was
zu essen kriegen."

Ich kichere.

„Untersteh dich", sagt er, aber ich höre an seiner Stimme, dass
er lächelt, dass wir den Berg geschafft haben, die Hürde
genommen.

„Okay", sagt er schließlich, „ich werd's weitersagen. Das mit
den Kuchen. Und das mit dem Hunger. Wir sehen uns. Am
Samstag."

Dann ist er weg. Dann hat er aufgelegt. Dann stehe ich da und
lausche in mich hinein. Dann kommt die große Freiheit. Dann
das Lachen. Dann ... danndanndanndann ...

Okay, ich habe etwas verschwiegen. Ich habe diese Tatsache
mit den drei Buchstaben, diese Tatsache mit den blonden
Haaren verschwiegen. Aber ... müssen Eltern alles wissen?

Ich wende mich um und gehe zu den Jungs. Erwartungsvoll
schauen sie mir entgegen. „Wir fahren ans Meer", sage ich.
„Jetzt fahren wir ans Meer."

Es regnet. In feinen Schnüren regnet es den Regen an den Zugfenstern herab. Paul schläft. Sein Kopf ruht seitlich an der Lehne, ich habe ihn zugedeckt mit seiner Jacke und schaue nun hinaus in den Regen, in das Graue, das sich herabgesenkt und über die Hitze gelegt hat.

Es tut gut, es ist erholsam, man kann seine Gedanken hineinschicken in die Regenschlieren, sie vermischen sich mit der Nässe, verlieren ihre Klarheit und fasern aus. Ich schaue ihnen hinterher, wie sie sich davonmachen, meine Gedanken, und werde ganz frei, ganz leicht, ganz frisch im Schweben der Stimmen, im Surren der Schienen, im Regnen des Regens ...

„**Der** Opa wird siebzig", hat unsere Mutter vor drei Tagen beim Abendessen gesagt und mir eine Ladung Nudeln auf den Teller gepackt. „Wir werden eine große Feier machen. Alle kommen, absolut alle."

„Aha", machte mein Vater, „wann habt ihr denn das beschlossen", und nahm eine Gabel Salat.

„Heute", sagte sie, „Andrea war zum Haareschneiden da."

„Aha", machte Papa wieder, kaute bedächtig den Salat und schaute mich an und ich konnte sehen, was er dachte, denn ich dachte es auch. Andrea ist Mamas große Schwester, eine von fünfen, und was Andrea sagt, ist Gesetz.

„Andrea hat gemeint, unser Vater würde sich sehr darüber freuen. Wir haben dann gleich den Saal im *Goldenen Hirsch* gemietet und Essen bestellt. Es gibt Schweinsbraten, Opas Lieblingsgericht. Die Kuchen machen wir alle selber." Sie strahlte.

Na toll, dachte ich, Schweinsbraten. „Keine Sorge", sagte sie, als läse sie meine Gedanken, „natürlich denke ich auch an mein Vegetarierkind. Die haben da sicher auch ein paar

Karotten!" Sie grinste, Papa auch, ich nicht, ich tippte mir an die Stirn.

„Na komm", sagte sie, „seit wann magst du keine Karotten mehr!"

„Mama!", ich versuchte meiner Stimme einen Beiklang von Eis zu geben oder zumindest die mittlere Schärfe einer Axt. „Mama!"

Sie lachte und strich mir über den Kopf. „Aber Süße, lass mich doch ein bisschen Spaß machen!"

Ich seufzte und versuchte mir dieses Fest vorzustellen, die vielen Tanten und Onkel, die noch mehr Cousinen und Cousins, die Großeltern, wildes Durcheinander, bunter Haufen, große Familie.

„Wann?", fragte Papa.

„Am Sonntag", sagte Mama, „darum gibt es ab sofort jede Menge zu tun."

Er riss die Augen auf. „Am Sonntag schon? Das ist in einer Woche!"

„Ja", sagte sie, „genau. Und du musst Paul holen."

Da wurde es still. Ganz plötzlich. Da setzte für den Bruchteil einer Sekunde Mamas Herzschlag aus, ich spürte das, ich wusste, dass es so war, denn es ist immer so. Mamas Herzschlag, für einen Augenblick war er fort, war er nur bei Paul, überbrückte zweihundert Kilometer wie nix, flog durch die Luft und setzte sich auf Pauls Schulter, ein flatterndes, zitterndes Vögelchen, Bruchteil einer Sekunde, immer dann, wenn sein Name fällt, immer dann.

„Du musst ihn holen, Theo!"

Ein kleines Sprüngeln noch in ihrer Stimme, dann war alles wieder klar. Papa schwieg, legte das Besteck beiseite, nahm sein Glas, trank bedächtig einen Schluck, stellte das Glas wieder hin.

„Meinst du wirklich, Helene?"

Wieder Stille, ich schloss die Augen, spürte die Spannung.

„Ja, ich meine wirklich, Theo", sagte sie fest.

„Aber ich meine nicht", sagte er, schüttelte unmerklich den Kopf und zog seine Stirn in Falten.

Sie sprang hoch, zornig, aufgebracht. „Wieso zerstörst du alles?", rief sie. „Er ist mein Sohn und wenn meine Familie feiert, dann will ich meinen Sohn dabeihaben."

„Er ist auch mein Sohn", sagte er, „falls du dich erinnerst, und wenn deine Familie feiert, dann will ich ihn eigentlich auch dabeihaben, aber ...", und er fiel in ein winziges Schweigen, suchte nach Worten, die es ihr erklärbar machten, die sie verstehen konnte, „... aber glaubst du wirklich, dass ihm das guttut? Er lebt in seiner eigenen Welt. Besonders jetzt im Heim. Er hat seine regelmäßigen Abläufe, seine vertraute Ruhe. So ein Fest wird ihn völlig durcheinanderbringen, völlig überfordern! Dieses Fest mit all diesen vielen lauten Menschen, dieses ...", er suchte nach Worten, „... Brimborium! Du weißt das doch auch!"

Er schaute sie an, versuchte ihre Augen zu finden, aber sie wandte sich ab, sie wollte es nicht verstehen.

„Was hast du gegen meine Familie", sagte sie mit eisiger Stimme, „was hast du ständig gegen meine Familie?! Mein Vater wird siebzig und du hast nichts Besseres zu tun, als dich gegen mich zu wenden?!"

Er stöhnte auf, rang die Hände. „Du weißt, dass du Quatsch redest, oder? Richtig hirnverbrannten Quatsch!"

„Nein", sagte sie, „das weiß ich nicht. Was erlaubst du dir eigentlich?"

Er verdrehte die Augen. „Helene", stöhnte er, „Lene! Bitte! Fang jetzt keinen Streit an! Ich hatte heute einen echt anstrengenden Tag!"

„Ach", sagte sie und ihre Stimme war ein einziger Eisbeutel, „du hattest also heute einen anstrengenden Tag? DU! Du bist natürlich der Einzige in dieser Familie, der anstrengende Tage hat! Meine Güte, wie konnte ich das bloß vergessen und dich um diese winzige Winzigkeit bitten!"

Er lachte bitter auf. „Winzige Winzigkeit! Sehr fein ausgedrückt! Wirklich!"

Da platzte mir der Kragen. „Könnt ihr euch vielleicht wieder einkriegen?"

Sie schauten mich kurz an, beide, spießten mich mit ihren Augen auf und sahen mich in Wirklichkeit gar nicht.

„Tust du es also?", fragte sie.

„Tue ich was?", fragte er.

„Ihn holen", sagte sie.

„Nein", sagte er.

Stille. Sie musste Luft holen. Sich sammeln.

„Warum nicht?", fragte sie dann.

„Weil ich Tennis spiele", sagte er, „hast du das vergessen? Mit Bernd. Wie jedes Jahr. Wir fahren morgen."

„Du könntest es absagen", sagte sie.

„Ja", sagte er, „könnte ich. Tu ich aber nicht."

Und da geschah es dann. Das mit dem Tennisball. Dass sie ihn nahm. Weil er da lag, als würde er auf seinen Einsatz warten. Aus Papas Tennistasche herausgerollt. Die schon bereitlag. Fertig gepackt. Fertig zum Einsatz. Bereit zur Flucht. Und sie schmiss ihn. Den Ball. Meine Mutter. Nach ihm. Und er duckte sich. Intuitiv. Also mein Vater. Nicht der Ball. Und machte den Weg an die Mauer frei. Und der Ball krachte dagegen. Und prallte ab. Und machte kehrt. Schoss quasi zurück. Und landete. In Mamas Auge. Weil sie sich nicht bückte. Weil sie starr war. Vor Staunen. Vor Schreck. Vor was auch immer. Und dann ... tauchte sie ab. Richtung Boden. Richtung K. o. Und war still.

Kurz. Wie gestorben.

Und der Ball? Tauchte ebenfalls ab. Verschwand. Verrollte sich. Unters Sofa. Oder wohin auch immer. Wurde nie wieder gefunden. Weil nicht gesucht. Wurscht.

Sie schrie dann. Nach dieser Millisekunde des Schocks. Vor Schmerzen. Und Papa war sofort bei ihr. „Lene", sagte er zu Tode erschrocken, „Lene! Alles in Ordnung? Was machst du für Sachen!"

Er nahm sie um die Schultern, zog sie vorsichtig hoch, bettete sie aufs Sofa. Währenddessen hatte ich einen Eisbeutel geholt. In ein Tuch gewickelt legten wir ihn ihr aufs Auge.

Am nächsten Tag war das Auge meiner Mutter so blau wie der schillerndste Sommerhimmel nicht. Sie litt unter Kopfschmerzen und Augenweh und als ich am späten Vormittag einen Blick in den Friseur-Salon warf, wusste ich, dass ich ihr helfen musste, dass sie es heute alleine nicht schaffen konnte, noch dazu, weil Dienstag war und Lisa, Mamas zweite Friseurin, frei hatte.

Ach du Schande, dachte ich, als ich im Salon stand und plötzlich eine bekannte Stimme hörte. Frau Lagerstett. Englisch und Geschichte. Auch das noch! Verfolgte die mich jetzt schon bis nach Hause? Und das in den Ferien!

Umdrehen? Doch nicht helfen? Mich schnell verdrücken und zu Sabrina?

Zu spät! Ging nicht mehr.

„Ach! Die Paula!"

Frau Lagerstett lachte und hob ihren Kopf vom Waschbecken, wo sie ihn wartend hingebettet hatte. „Jetzt verfolge ich dich schon bis nach Hause! Und das in den Ferien!"

Ich lächelte ein wenig gequält. „Macht ja nix."

Wieder lachte sie. „Schwindlerin! Grad habe ich deine Mutter gefragt, wer denn bei euch mit Tennisbällen herumballert."

„Tja", machte ich.

„Tja", machte sie, „weil der Theo auch immer alles so gerne herumliegen lässt, nicht wahr?"

Ich zuckte mit den Schultern und fand es wieder einmal sehr nervig, dass die sich so gut kannten, meine Eltern und Frau Lagerstett.

„Ich muss dann mal", sagte ich und deutete auf meine Mutter.

„Natürlich", sagte sie, „lass dich nicht aufhalten."

„Kann ich was helfen?", fragte ich Mama. Sie strahlte. „Lieb von dir, Paula. Haare waschen? Bei Frau Lagerstett? Das würde uns schon mal sehr entlasten."

Ich nickte seufzend. Gibt es was Schöneres, als seiner Englischlehrerin die Haare zu waschen?

Sie genoss es. Sie lag ganz entspannt da und schnaufte zufrieden wie ein Kätzchen, während ich Shampoo auftrug und sanft ihre Kopfhaut massierte.

„Du bist eine Tüchtige, Paula", sagte sie und tätschelte meine Hand, als ich ihr die Haare abfrottierte. Ich lächelte höflich, sie wandte sich um und rief quer durch den Salon: „Deine Paula ist eine ganz Tüchtige, Helene!"

„Ja", sagte Mama und kam lächelnd näher, „das ist mir klar, dass meine Paula eine ganz Tüchtige ist. Das ist mir absolut klar!"

Sie streichelte mir über den Rücken und eigentlich hätte ich es mir da schon denken können, aber manchmal braucht man halt ein bisschen länger, manchmal hat man eine Leitung, als ob einen grad ein Pferd getreten hätte. Sie streichelte mir also den Rücken, bekam plötzlich ganz bedeutungsvolle Augen, beugte ihren Kopf an mein Ohr und flüsterte: „Dann du, Paula?"

Ich drehte mich zu ihr. „Was?"

Leitung wie vom Pferd ... oder vom Autobus ... oder vom ...

„Was meinst du, Mama?"

„Du musst ihn holen", sagte sie und ging zurück zu der anderen Kundin, zum uralten Fräulein Missner mit den weiß-violetten Löckchen und den zarten Blüschen und Pullöverchen, die in ihrem ganzen Leben keinen einzigen Mann abbekommen hat, was Mama und ihre beiden Friseurinnen immer wieder zu Sprüchen veranlasst wie „Vielleicht hat sie sich deshalb so gut gehalten" oder „Vermutlich wirkt sie deshalb so entspannt".

Und dann kichern sie hinter vorgehaltener Hand und wenn ich die Stirn runzle und die Augen verdrehe, lachen sie noch mehr, klopfen mir auf die Schultern und sagen: „Du verstehst das nicht, Paula. Du bist dafür noch zu jung. Aber du wirst auch noch draufkommen."

Ja, ich verstehe so manches nicht. So wie diesen Satz: *Du musst ihn holen.*

Einfach so. *Du musst ihn holen. Du. Musst. Ihn. Holen.*

„Was", sagte ich, „was??" Und ging ihr hinterher.

„Ja", wiederholte sie, „das ist doch ganz einfach. Du musst den Paul holen. Wenn der Theo das nicht macht, weil er lieber Tennis spielt, musst du das eben tun. Den Theo kann ich nicht zwingen, aber dich wohl. Dich kann ich zwingen. Du bist meine Große. Du kannst das. Du musst fahren. Dir trau ich das zu. Du bist meine Große. Du musst ihn holen, deinen Bruder. Ich will ihn hier haben zum Geburtstag eures Großvaters."

Ich starrte sie an, schweigend, sah ihre dunkel glimmenden Augen, sah die Tränen, die im Hintergrund lauerten. Scheißpaul, dachte ich, verdammter, verfluchter Scheißpaul. Ich soll dahin, wo all die Bescheuerten sitzen? Bin ich bescheuert?

Ich ging zurück zur bescheuerten Frau Lagerstett, die eine bescheuerte Tönung haben wollte, bescheuert rot wie immer.

Jennifer winkte mich zu sich heran. Sie franste einer dritten Kundin die Haarspitzen durch. „Rührst du mir die Farbe für Frau Lagerstett an, Paula?", fragte sie leise. „Rot wie immer, du weißt schon. Die Mischung steht genau auf der Karteikarte. Du hast das ja schon mal gemacht."

Sie zwinkerte mir aufmunternd zu und ich nickte. Klar! Hatte doch alles schon mal gemacht! War ja Paula, die Tüchtige, Paula, die Große, Paula, der man alles sagen kann, Paula, die Bescheuerte, Paula, die für alles zu gebrauchen ist, rot wie immer, ja, natürlich, rot wie immer, wir werden *bescheuert noch mal* sehen.

Ich schnappte mir die Karteikarte, ging nach hinten zu den Haarfärbemitteln, nahm eine Schale, kippte Puder hinein, lauwarmes Wasser dazu und begann zu mischen. Wieder tauchte Mama auf. „Er gehört doch zu uns", sagte sie. „Ich kann doch nicht einfach so tun, als ob es ihn nicht mehr gäbe."

Ich starrte fasziniert in das bläuliche Schillern, das sich um ihr Auge spannte. „Paula", sagte sie drängend, „hörst du mir eigentlich zu?"

„Natürlich höre ich dir zu", sagte ich, „und Papa hat was ganz anderes gemeint, das weißt du!"

„Es ist mir egal, was Papa gemeint hat", sagte sie mit Nachdruck. „Und es ist mir auch egal, was du dazu meinst. Ich habe ein blaues Auge, das Kreuz tut mir weh, mein Kopf brummt, als ob ein Lkw durch ihn hindurchgefahren wäre, der Laden ist voller Kunden und am Sonntag feiert mein Vater seinen runden Geburtstag!"

Sie holte tief Luft und für einen winzigen Augenblick hoffte und betete ich, dass ihre Stimme sich vertschüsst haben würde, einfach so, einfach, weil Stimmen sich eben manchmal vertschüssen, aber leider. Aber nein. Sie setzte frisch an, frischer als frisch, so frisch, dass ich auf der Stelle wusste, nicht einmal ein Bulldozer hätte jetzt eine Chance gegen sie, nicht einmal drei Präsidenten der Vereinigten Staaten zusammen hätten jetzt eine Chance gegen sie.

„Und da will ich", sagte sie, „da will ich verdammt noch mal, dass die Familie komplett ist. Und darum wirst du dich in den Zug setzen und deinen Bruder holen. Und zwar morgen! Und zwar Basta!"

Ich wusste, dass es sinnlos war, noch etwas zu sagen. Bulldozer?! Präsidenten?! Lächerlich!

Ich versuchte es trotzdem. „Und meine Freunde? Und meine Verabredungen?"

„Deine Verabredungen", sagte sie und hob hochmütig den Kopf, „deine Verabredungen sind mir in diesem Fall jetzt leider einmal scheißegal! Du hast noch jede Menge Ferien und kannst noch jede Menge Verabredungen treffen."

Aha, dachte ich, scheißegal also! Meine Verabredungen scheißegal, mein Leben scheißegal!

„Und Papa?"

„Und Papa?" Sie zögerte nur ganz kurz, nur eine Millisekunde. „Ist mir auch scheißegal."

Sie starrte mir in die Augen für einen kurzen schillrigen Moment, wandte sich ab und ging hinaus und da spürte ich, wie schrecklich lieb ich sie hatte und wie sie mir fehlte, jetzt und überhaupt, und wie wahnsinnig und traurig mich das machte und mir wurde ganz heiß innendrin. Vor Zorn, vor Hilflosigkeit.

Okay, dachte ich, alles scheißegal also, Papa, ich, Leben, ALLES. Wütend stieß ich gegen den Tisch, die Schale kippte um, Wasser spritzte, das Pulver zerrann. „Scheiße", schrie ich, „verdammte Scheiße!" Ich stürmte ihr hinterher, sie hatte den Krach gehört, sich umgedreht und schaute mir entgegen. „Okay", stieß ich hervor, „du spinnst, ich muss dich jetzt nicht ernst nehmen, du spinnst einfach! Und der Paul sowieso! Der hat doch immer nur gestört, der Idiot! Uns alle gestört! Und trotzdem willst du ihn immer wieder holen! Obwohl du doch mich hast! Und Papa! Lass ihn doch dort! Lass ihn doch endlich da, wo er hingehört! Lass ihn doch endlich bei all den anderen Idioten! Wieso kannst du das nicht? Wieso geht das nicht? Ich will das nicht mehr. Ich halt das nicht mehr aus! Deine leidenden Blicke! Deine ständige Trauer! Dass ich immer die Zweite bin! Egal, was ich tue! Dass ich immer nur den Rest bekomme! Was ihr gerade noch übrig habt!"

Luft, dachte ich, Luft! Und schnappte danach.

Und Mama, dachte ich, Mama! Kipp nicht um!

Denn die war plötzlich ... ganz klein. Die war plötzlich ... in sich zusammengefallen. Brauchte keinen Bulldozer mehr, keine drei Präsidenten, reichte ein winziger Lufthauch, ein Häuchlein und sie würde umfallen. Klacks und um.

Ich seufzte. Ganz tief. Ganz traurig. Was soll ich machen, dachte ich, so ist das Leben. Das Leben ist so. Wird wieder anders. Wird wieder besser. Wird wieder wachsen, die Mama, groß werden und sicher und strahlend. Das ist das Leben. Und ich fahr ans Meer. Jetzt. Weil es dort blau ist und gut. Weil ich muss. Weil sie mich zwingt. Weil ich will. Aber nicht ans Meer. Nur ins Heim. Nur zum Paul. Und nein, kein Idiot, natürlich nicht. Aber eben doch. Und doch fahr ich ans Meer, mit ihm, mit Paul, und dann stehen wir am Strand und ziehen uns die Schuhe aus und laufen durch den Sand und vielleicht ... vielleicht ...

... vielleicht ...

Was hab ich für Quatsch gedacht, meine Güte, während meine Mutter dastand, als ginge die Welt unter, während ihr blaues

Auge mit dem Blau der Tapete um die Wette glimmerte und sie hat mir plötzlich ... so leidgetan, so schrecklichschrecklich leidgetan.

Mama, habe ich gedacht, Mama, wachs jetzt wieder, bitte! Mama, habe ich gedacht, sei mir nicht böse, aber einmal im Leben, einmal im Leben habe ich das einfach sagen müssen.

Und ich wollte hin zu ihr, wollte sie aufrichten, wollte sie trösten, aber Frau Lagerstetts Stimme hielt mich auf.

„Paula!"

Entsetzt starrte Frau Lagerstett mich an und ich sah in ihren Augen, dass ich gerade ihren Glauben an eine friedliche, brave Jugend zerstört hatte.

„Wie redest du denn mit deiner Mutter?"

Ich würdigte sie eines kurzen Blickes, aber wirklich nur eines kurzen, dann kehrte ich zurück zum Chaos am Boden, wischte alles weg, räumte alles auf, nahm eine frische Schale, suchte im Regal mit den Färbepulvern, fand, was ich suchte, nahm ein Schäufelchen von hier, eines von da, eines von dort, rührte und rührte, mischte und mischte. Irgendwann hatte ich genug gerührt. Irgendwann war ich müde. Rot wie immer? Alles wie immer? Nichts wie immer!

Blau sollten Frau Lagerstetts Haare werden, blau und grün wie Mamas Auge oder wie das Meer. Ihren Schrei, ihren entsetzten Aufschrei und ihre tränenunterlaufenen Augen, wenn Jennifer die Farbpaste aus ihren Haaren ausgewaschen hätte und die Haare dann leuchteten wie nie zuvor in tausend wilden Meereswogen, diesen Schrei würde ich nicht mehr hören und den Schreck in ihren Augen nicht mehr sehen, da würde ich schon weg sein, auf dem Weg zum Bahnhof, auf dem Weg zum Meer, ach was, auf dem Weg zu Paul.

Wie alles begonnen hat?

Ach, das ist so lange her. Und war vor meiner Zeit. Zwei Jahre vor meiner Zeit, um genau zu sein, vor siebzehn Jahren, um noch genauer zu sein, als Paul zur Welt kam und sofort komisch war. Von Anfang an.

Mich hat Mama bekommen, damit sie doch noch jemanden zum Herzen hatte, zum Streicheln und zum Drücken. Weil sie das mit ihm nicht konnte, weil er dann brüllte wie am Spieß und sich schüttelte in panischen Zuckungen. „Weißt du", hat Mama gesagt, als sie mir zum ersten Mal davon erzählt hat, und das ist noch gar nicht so lange her, „weißt du, ich hatte schon auch Angst, dass du ... wie er ... aber dann warst du da und du warst so ein süßer, warmer Wurm und hast dich an mich gekuschelt und an mich gedrückt und hast damit auch nicht aufgehört, als du älter wurdest, und das hat mich so glücklich gemacht, so unendlich glücklich."

Nein, ich bin ihr nicht böse. Warum sollte ich ihr böse sein? Weil ich eigentlich nur ein Lückenbüßer gewesen bin von Anfang an? Ein Ersatzteillager quasi? So ist das Leben. Es macht halt, wie es will, und das Meiste im Leben ist Zwiespalt und wenn ich sie manchmal ein bisschen hasse dafür, dann hasse ich sie halt manchmal ein bisschen dafür. So ist das Leben.

Paul und Paula.

Mama hielt es für eine gute Idee und Papa hat sich nicht gewehrt. Paul und Paula also und manchmal sitze ich vor diesen Namen und schüttle den Kopf und denke, ach, Mama, ach! Denn dass wir damit die Lachnummer in der Straße und in der Schule waren, das ist ja wohl klar! Ich meine: Paul und Paula. Paula und Paul.

Aber Mama sieht das nicht so. „Ich wollte", sagt sie, „dass ihr eine besondere Verbindung habt, du und dein Bruder, denn dein Bruder wird dich", sagt sie und ihre Augen füllen sich mit

Tränen, „dein Bruder, Paula, wird dich immer brauchen." Dann zieht sie mich an sich und ich rieche dieses Sanftmütig-Traurige ihres Parfums und ihrer Stimmung und drücke mein Gesicht in ihr Haar und hab sie lieb bis hoch zum Mond und hinab ins Meer.

Ich Paula also. Und er Paul. Zweihundert Kilometer weit weg. In diesem Heim, wo sie ihm das Leben beibringen, immer wieder das Leben. Nicht, dass wir daheim das nicht auch versucht hätten. Aber er vergisst es halt so gern, das Leben, wie man es tut und macht. Wie man Fahrkarten kauft und Jogurt und Äpfel und wann man ins Bett geht und wann wieder aufsteht und wie man wieder heimfindet, wenn man plötzlich in einer Straße ist, in die man nicht gehört. Wir haben ihn ein paar Mal verloren, den Paul, in fremden Straßen. Nicht absichtlich, nein, aber da ging man so dahin mit ihm und verlor ihn ein bisschen aus den Augen, nur ein bisschen, und plötzlich ... plötzlich war er weg, aufgelöst, verbröselt ... weg.

Mama ist dann gerne ausgezuckt, Papa hat versucht sie zu beruhigen, aber vergeblich, und ich ... ich hab mein Herz gespürt, besonders tief und pochend mein Herz gespürt und geflüstert: „PaulaPaulPaula", immer wieder: „PaulaPaulPaula", wie eine Beschwörungsformel, wie einen Schutzgeistspruch, und war froh, sofrohsofrohsofroh, dass er heißt wie ich, denn dann, hab ich gedacht, dann kann er nicht verloren gehen, denn unser Name hält ihn fest, ich halt ihn fest, ich umschling ihn mit unserem Namen, er kann nicht hinausfallen aus diesen Schlieren, aus diesen Bändern, unser Name ist unser Band, und immer hab ich die Mama dann besonders geliebt, weil sie so klug gewesen ist, so klug und weise wie die uralten Medizinfrauen aus den Indianerländern, die alles vom Leben wissen. Wenn wir ihn dann wieder gefunden hatten nach atemloser Suche, wenn wir ihn dann wieder hatten, den Paul, dann hat

Mama ihn umarmen wollen, und obwohl sie gewusst hat, dass es schiefgehen wird, hat sie es immer wieder versuchen müssen, und immer wieder ist es schiefgegangen.

Denn Paul hat es nicht ertragen. Paul erträgt es nicht, dass man ihn umarmt. Paul wird zu Stein. Er entschlüpft deinen Fingern, entwindet sich, gerät außer sich. Er wird schrill und starr, ein böses, schrilles Licht voller Angst, ein Schrei. Die Fenstergläser erbeben und die Ohren hüpfen dir vom Kopf.

Dann tanzt er, dann hüpft er, dann stelzt er, Rumpelstilzchen, aber nicht klein und mächtig, nein, dünn und groß, und die Erde, glücklicherweise, erbebt nicht unter seinen Schrittchen, unter seinen Hüpferchen, die Erde, glücklicherweise, ist still und sanft und hält sich ihm tapfer entgegen und irgendwann kann er sich beruhigen, dann legt man ihn nieder und dann schläft er ein.

Ja, so ist das, ja, so ging das mit dem Paul und uns und irgendwann ist es halt nicht mehr gegangen.

Irgendwann ist Papa heimgekommen und hat Mama Prospekte hingelegt. Sie hat sie angeschaut, immer wieder und ganz genau, hat sie weggelegt und wieder genommen und weggelegt und wieder genommen und dann ... ist sie schweigend hoch in das Elternschlafzimmer und als ich ihr hinterher wollte, hat Papa mich abgefangen, mich in seine Arme gezogen und gesagt: „Lass sie, Paula, sie muss jetzt ein wenig mit sich alleine sein."

Dann war sie mit sich alleine, eine ganze Weile lang. Dann kam sie wieder und wir sahen, dass sie geweint hatte, und dann sagte sie: „Ja", und: „Ich weiß es ja auch. Ich weiß es ja. Aber ..."

Und Papa sagte: „Das ist eine ganz tolle Einrichtung. Da arbeiten sie mit ihm, da fördern sie ihn, da kann er genau das machen, was für ihn passt."

Und Mama sagte: „Ja, ich weiß es ja auch. Ich weiß es ja. Aber ..."

Und dann huschte sie wieder hoch und blieb eine Weile oben und das ging ein paar Mal so, das ging über ganze Tage, und Papa nahm sie regelmäßig in den Arm, wenn sie runterkam, wiegte sie hin und her, tupfte ihr die nassen Schlieren von den Augen und den Wangen und sagte leise: „Du verlierst ihn nicht. Wir verlieren ihn alle nicht."

„Doch", sagte sie, „doch. Ich verlier ihn. Ich verlier meinen Paul."

„Nein", sagte er, „nein, es sind doch nur zweihundert Kilometer. Das sind zwei Stunden mit dem Auto, nicht mehr."

„Zweihundert Kilometer", sagte sie, „sind für den Paul die ganze Welt. Da verläuft er sich zweihunderttausendmal."

Und sie schniefte und Papa wischte ihr vorsichtig über die Wange und sagte: „Aber für uns sind sie nicht die ganze Welt. Für uns sind zweihundert Kilometer nur zweihundert Kilometer. Wir verlaufen uns nicht und wir können ihn jedes Wochenende besuchen, wenn du das möchtest. Und in den Ferien holen wir ihn heim."

Sie lächelte und sagte: „Du redest jetzt gerade mit mir wie mit einem kranken Pferd, nicht wahr?"

Er lächelte auch und wischte und wischte und sagte: „Ja, vielleicht ist das gerade so. Aber das macht nichts. Und ich kann das noch ganz lange tun. Solange du es brauchst."

Sie fing von vorne an: „Ja, ich weiß es ja auch. Ich weiß es ja. Aber ..."

Er strich ihr über die Haare: „Du verlierst ihn nicht. Wir verlieren ihn alle nicht."

Und sie: „Doch. Ich verlier ihn. Ich verlier meinen Paul."

Und er: „Nein, Lene, das stimmt nicht. Aber wir müssen ihn jetzt einfach einmal ein bisschen loslassen. Er muss weitergehen."

„Loslassen", sagte sie und lachte ein wenig hysterisch, „loslassen. Was für ein blödes Wort. Was für ein scheißblödes Wort!"

„Aber er muss doch erwachsen werden", sagte Papa.

„Aber er wird doch immer ein Kind bleiben", sagte sie.

„Ja", sagte er, „aber innerhalb seiner Möglichkeiten halt."

Dann weinte sie wieder. Er vielleicht auch, ich weiß es nicht.

Zwei Wochen später sind wir da hingefahren, in dieses Heim von diesem Prospekt, haben uns alles angeschaut, haben Karin kennengelernt und Justus und Frau Doktor Gerlach und wieder zwei Wochen später haben wir Paul umgesiedelt.

Das ist jetzt ein Jahr her. Mama konnte sich wieder auf ihren Friseur-Salon konzentrieren, Papa auf seinen zeitintensiven Job in der Computerfirma und ich auf die Schule. Am Anfang war das schwierig, es war so still im Haus, kein Pfeifen, kein Schrillen, kein Schnaufen, kein Schiebetür-auf-und-zu, nur Stille. Eine große, seltsame Stille.

Am Anfang hat kaum einer gewagt, ein lautes Wort zu sagen, wir sind in ein Flüstern gefallen, in eine Tonlosigkeit, wir haben ein Loch gespürt, so viel Zeit war da, so viel Zeit zum Füllen.

Am Anfang ist Mama jeden Tag in Pauls Zimmer und hat sich für eine halbe Stunde oder mehr in sein Bett gelegt. Manchmal hat sie da geschlafen, manchmal tut sie das immer noch. Papa schaut ihr dabei zu, zuckt die Schultern und lächelt.

Und Paul?

Paul mag gerne da sein, wo er jetzt ist. Paul wird erwachsen, mal mehr, mal weniger, wie wir alle eigentlich.

Und ich?

Ich hab das Rollen und Ratschen der Schiebetür zwischen Küche und Esszimmer vermisst, das ständige Auf und Zu, das Aufeinanderknallen der Türblätter in der Mitte. Obwohl es uns wahnsinnig gemacht hat. Weil der Paul das immerzu getan hat. Weil er es tun musste. Weil er es einfach nicht lassen konnte. Einmal ist Papa los und hat einen Kostenvoranschlag für eine andere Tür eingeholt, für eine *normale* Tür, und da hab ich mich gefragt, ob er sich auch mal irgendwo einen Kostenvoranschlag für einen *normalen* Sohn einholt. Hat er nicht gemacht. Glaub ich halt. Und auch die Tür haben wir nicht ausgetauscht und wenn Leute zu uns kamen oder uns irgendwo sonst über den Weg liefen, mussten sie sich fragen lassen, ob sie eine Schiebetür hätten zwischen Küche und Esszimmer. Und immer haben sie zuerst ein bisschen dumm geschaut und sich geräuspert und Blicke gewechselt, aber dann ... dann haben sie es meistens gesagt, dass sie eine haben oder keine oder mehrere.

Und jetzt ... tu ich das ... die Leute fragen ... nach einer Schiebetür zwischen Küche und Esszimmer ... das tu ich jetzt. Und die Antworten schreib ich auf. Für den Paul. Ich mach eine Liste für ihn. Eine Statistik. Aber das weiß keiner. Und das sag ich keinem. Vielleicht schenk ich sie ihm einmal, die Liste, vielleicht nicht.

Im Meer versinken die Wörter und alles, was ich niemals sein möchte, IT-Manager, Straßenarbeiter, Friseurin, mein Bruder. Das ist ein schöner Satz, finde ich, und noch dazu ist er wahr. Ich liebe schöne Sätze, schöne, schräge Sätze und schöne, schräge Sätze lieben mich, drum kommen sie mir zwischen die Finger oder rinnen aus ihnen heraus und das ist wie bei unserem Paul. Er mag die Wörter, die schönen, schrägen Wörter, und die Wörter mögen ihn und lassen sich von ihm erfinden und zusammensetzen wie Puzzlesteine, wie glänzende Mosaike.

Im Meer versinken die Wörter und alles, was ich nicht sein mag, und plötzlich … ist das Meer so nah.

Ich bin raus aus dem Salon, nachdem ich die blaugrüne Farbe für Frau Lagerstett fertiggerührt und Jennifer vor die Nase geklatscht hatte. Ich bin hoch in die Wohnung, hab meinen Rucksack gepackt und bin los zum Bahnhof. Sie sollte ihn haben, ihren Sohn, ich würde ihn ihr holen. Wie oft ich ihn verfluchen würde auf unserer Fahrt? Weil er nicht tat, was ich ihm sagte? Weil er tausendmal nach Schiebetüren fragte? Wie oft würde ich ihn wegziehen müssen von den Schiebetüren im Zug, weil er im Weg stehen würde und die Leute dann nicht durchkämen?

Wie oft würde ich einem mitleidigen Lächeln ins Gesicht springen wollen? Und wie oft einer neugierigen Fratze, die starrte und starrte und starrte und nicht mehr damit aufhören mochte?

Ich seufzte. Es würde gehen, irgendwie, weil es immer irgendwie ging.

Das Handy läutete. Mama. Ich hob nicht ab.

Es läutete wieder. Diesmal Papa. Ich hob nicht ab.

Ich wollte nicht reden. Ich hatte keine Lust auf Erklärungen. Sie gingen mir auf die Nerven. Was gab es zu erklären. Irgendwann gaben sie auf.

Schließlich rief Jennifer an. Da hob ich ab. Musste ja doch einmal sein.

Wo ich sei. Was ich machte.

„Es geht mir gut", sagte ich. „Macht euch keine Sorgen", sagte ich. „Ich hole Paul", sagte ich.

Sie schwieg eine Weile, dann: „Deine Mutter wird darüber sehr glücklich sein. Magst du mit ihr reden?"

„Nein", sagte ich, „will ich nicht."

Frau Lagerstett fiel mir ein. „Es tut mir leid", sagte ich, „dass ich dir diesen Ärger gemacht habe mit Frau Lagerstett. Hat sie jetzt blaue Haare?"

Es gluckste ein wenig am anderen Ende der Leitung. Jennifer schien zu lachen. „Ja", sagte sie, „blau und grün. Eine schöne Mischung. Du bist mir vielleicht eine!"

„War es sehr schlimm für sie? Und für dich?"

Sie gluckste wieder ein bisschen. „Es ging. War nicht sooo schlimm. Nein. Nur am Anfang."

Am Anfang hätte sie beide fast der Schlag getroffen, als die Haare nach dem Waschen plötzlich grün und blau zu leuchten begannen. Dass sie, Jennifer, es schon im Waschbecken gemerkt und zu stottern begonnen habe und kreidebleich geworden sei.

Ich erschrak. Die arme Jennifer! „Es tut mir leid, Jenny, es tut mir schrecklich leid!"

„Schon in Ordnung", sagte Jennifer. „Ich habe ihr natürlich sofort angeboten, dass wir umfärben, aber Frau Lagerstett ..."

Frau Lagerstett schaute sich ihre Haare an, von allen Seiten und ganz genau und ganz lange und immer wieder, und plötzlich begann sie zu lachen.

Dass ihr die Farbe gar nicht schlecht gefallen würde, sagte sie dann, ja, wirklich, sie passe gut zu den neuen Stiefeln, die sie sich aus einer Laune heraus gekauft habe, zu diesen tollen, scharfen Stiefeln, die zuhause in ihrem Schlafzimmer stünden und die sie sich noch nie anzuziehen getraut habe.

Jennifer hielt inne, ich kam aus dem Staunen nicht mehr heraus. Dass sie, Frau Lagerstett, das nun für ein Zeichen halte, dass es jetzt einfach Zeit sei zum Mutigsein, und also sei sie jetzt mutig und also werde sie in diese Stiefel steigen und dann in ihr Auto, um zu diesem coolen Typen zu fahren, den sie gerade im Internet kennengelernt hatte.

„Wow", sagte ich, „wow!"

„Ja, nicht wahr?", sagte Jenny. „Und dann hat sie sich um deine Mutter gekümmert. Die war nämlich ziemlich am Ende wegen deiner Explosion."

„Aha", sagte ich, „tja."

„Sie muss dich sehr mögen, deine Lehrerin", sagte Jenny, „sie hat dich sowas von in Schutz genommen. Sowas von in Schutz."

Dass ich es auch nicht leicht hätte. Dass so eine Explosion wohl einmal habe passieren müssen. Dass das, was ich da gesagt hätte, aber nicht ernst zu nehmen sei, das sei eine Aus-bruchswahrheit gewesen, eine Augenblickswahrheit, und dass sie, Frau Lagerstett, sehr wohl wisse, wie sehr ich den Paul liebte. Das habe sie zuhauf in der Schule gesehen. Da lege sie die Hand ins Feuer.

Ich habe nur noch gestaunt, als Jennifer mir das alles erzählt hat. Ich saß am Bahnhof und staunte. Das alles hatte meine Frau Lagerstett gesagt? Meine Lehrerin für Englisch und Geschichte? Die doch immer so pingelig war in ihren Fächern, die nichts durchgehen ließ, streng wie ein Orang-Utan und nett wie eine Bergziege.

Wo sie jetzt wohl war? Tatsächlich unterwegs zum neuen Lover?

Paul schläft.

Paul schläft gut. Wenn er einmal schläft, dann kann kaum etwas ihn wecken. Nur er sich selber, wenn er genug geschlafen hat.

Wir sitzen im Zug. Leise und stetig rauscht er dahin. Wir sitzen im Großraumwagen, Viererbank, Tisch in der Mitte, darunter kreuzen sich unsere Beine.

Vorhin am Bahnhof hat Mama angerufen. Sie war seltsam leise, irgendwie schaumgebremst, Papa hatte seine Sache offensichtlich gut gemacht. Kein Herzinfarkt, kein ganzer, kein halber und auch kein viertel.

„Lass deinen Bruder hören, wie die Möwen schreien, Paula", hat sie gesagt und dass ihm das Wasser vielleicht zu kalt sei, wir würden ja sehen, und dass er Sand zwischen die Zehen kriegen solle. „Er soll Sand zwischen die Zehen kriegen, Paula, Sand, hörst du, er soll seine Füße in Sand einbuddeln, sich den Sand durch die Zehen krümeln, hörst du Paula?"

„Ja", Mama, sagte ich, „ja, ich hör's. Aber es ist ja nicht ganz neu für ihn, das Meer."

„Nein", sagte sie, „nein, nicht neu, aber irgendwie doch, weil ja nur ihr beide diesmal, und das letzte Mal", sie machte eine winzige Pause, „das letzte Mal mochte er den Sand nicht, weißt du noch?"

Und ja, als sie es sagte, fiel es mir wieder ein. Wie sehr er sich damals gesträubt hatte, die Schuhe und die Socken auszuziehen, wie sehr die Wärme des Sandes ihn erschreckt und irritiert hatte, und dass er so weich war, der Sand, und so fein durch die Finger rieselte.

„Ja, Mama", habe ich gesagt, „ich werde es versuchen. Dass er die Schuhe auszieht und die Socken. Aber versprechen kann ich dir nichts. Du weißt ja, wie er ist."

„Ja, Paula", sagte sie leise, „ich weiß ja, wie er ist."

Kurz schwiegen wir und dann wollte sie mit Paul reden. Ich habe ihm das Handy gegeben und sie haben geredet, was heißt geredet, Paul hat ein verklärtes Gesicht und ein paar Muckser gemacht, während sie sprach, keine Ahnung was, keine Ahnung worüber, aber wurscht, er war zufrieden, sie hoffentlich auch und dann ... kam der Zug.

Es regnet. In feinen Schnüren regnet es den Regen an den Zugfenstern herab. Paul schläft noch immer. Sein Kopf ruht seitlich an der Lehne, ich hab ihn zugedeckt mit seiner Jacke und schaue nun hinaus in den Regen, in das Graue, das sich herabgesenkt und über die Hitze gelegt hat. Es tut gut, es ist erholsam, man kann seine Gedanken hineinschicken in die Regenschlieren, sie vermischen sich mit der Nässe, verlieren ihre Klarheit und fasern aus. Ich schaue ihnen hinterher, wie sie sich davonmachen, meine Gedanken, und werde ganz frei, ganz leicht, ganz frisch im Schweben der Stimmen, im Surren der Schienen, im Regnen des Regens.
Mir gegenüber sitzt Tom, versunken ins Handy. Manchmal schaut er hoch, dann lächeln wir uns an und dann kehren wir zurück, ich zum Regen an den Scheiben und dahinter, er zum Handy.
Plötzlich piepst es. Mein Handy meldet sich.

linker mundwinkel

Erschreckt schaue ich hoch und in Toms grinsendes Gesicht.
„Was", sage ich, „was?"
Er tippt schon wieder.

da ist was

„Da ist was", wiederhole ich verständnislos, aber leicht panisch. „Was?"
Sein Grinsen wird weich, wird zum Lächeln.
Oh Gott, denke ich, oh Gott, nicht schon wieder! Bin ich schon wieder eingeschlafen?
Erschreckt beginne ich zu tippen.

spuckefäden???

Er schüttelt beruhigend den Kopf, tippt, sendet, schaut mich an.

keine spuckefäden

Seufz! Meine Güte! Smiley. Schicken! Ihm! Seufz! Keine Spucke-fäden! Gott sei Dank! Wer will schließlich vor dem schärfsten Typen seit jeher und überhaupt ständig Spuckefäden gen Süden schicken.

kleines
krümelchen bloß

Er spinnt, denke ich, ein bisschen spinnt er, aber grinse ihm in sein hinreißendes Lächeln hinein, in seine Augen, die sind ... irgendetwas zwischen braun und grün, ich muss es Sabrina erzählen, dringend, ich muss ihr von den Puderzuckerhaaren erzählen, von den Spuckefäden, von den Leuchtaugen! So etwas kann man doch nicht für sich behalten, so etwas ist doch der Überwahnsinn, so etwas ist doch ...

steht dir gut
mundwinkel
links

... sagt mein Handy jetzt. Hat er die Sprache verloren? Ist er in
sein Handy gekrochen?

hast du die sprache verloren? bist du in dein handy gekrochen?

ja

Er erlaubt sich ein kleines Lachen, gluckst hoch wie das Sax,
wenn er es grade nicht ernst nimmt. Währenddessen bear-
beitet er sein Handy, als wäre der Teufel hinter ihm her. Unge-
duldig warte ich, tippe ihm entgegen, soll nicht so herum-
trödeln, der Bursche, ich warte nicht gern, bisschen anfeuern,
bisschen Gas geben, Feuer unterm Hintern machen, das Leben
dauert nicht ewig, der Zug fährt nicht ewig, Paul schläft nicht
ewig.

gib gas das leben dauert nicht ewig der zug fährt nicht ewig der paul
schläft nicht ewig

Da. Endlich!

ja
sprache verloren
schön ohne sprache
bin ja trotzdem nicht ohne worte

Nein? Ist er nicht?

nein? bist du nicht?

Ich schaue hoch in sein Gesicht, nein, ist er nicht, nicht ohne Worte der da, dieser Junge, der schon wieder tippt ohne hinzuschauen, der in meinen Augen bleibt, während er tippt, und ich in seinen und im Augenwinkel sehe ich seine Finger fliegen. Dann ... Abflug ... dann Ruhe an den Tasten ... dann ... Ankunft ... dann kurz weg aus seinen Augen ... kurz nur ... weg aus der Wärme seiner Augen, die so guttut, so von innen her, aber jetzt ... aberjetztaberjetzt ... schauen ... seine Worte ... was er geschrieben ...

du bist mein wort
mein eines wichtiges

Kurz halte ich den Atem an, kurz schließe ich die Augen. Ich bin sein Wort. Wie schön das klingt. Er ist ein Dichter und ich bin sein Wort.
Ich spüre meinen Atem wieder, mein Herz, sein stürmisches Klopfen, und langsam kehre ich zurück in seine Augen. Er lächelt nicht mehr. Nur um den Mundwinkel herum, wo dieses winzige Grübchen sitzt. Wir schauen uns an. Das ist nicht leicht. Weil etwas mich ganz hinzieht, hinein, tiefer hinein in seine Augen, auf den Grund. Weil etwas mich schwindelig macht. Etwas in diesen Augen. In ihrem Grund. Etwas, das mich nicht loslassen will. Endlich, endlich aber doch. Und dann schreibt er wieder. Und ich warte. Und dann ...

darf ich es

... fragt er

was

... frage ich

wegstreichen??????

... fragt er

was

... frage ich. Sitze auf der Leitung. Was redet er? Haben wir alle Zeit der Welt?

was redest du ... haben wir alle zeit der welt

das krümelchen

... schreit er in die Tasten hinein

mundwinkel
links

... und schickt es mit wehenden Fahnen. Ich lache laut, das Blut schießt mir in den Kopf, ich spüre ein Kribbeln im Bauch und in den Beinen. Ich möchte aufspringen, herumhüpfen, wenns sein muss, auch ihm auf der Nase, obwohl ... ist so hübsch, diese Nase, soll nicht zertreten sein, lieber chatten, das ist ungefährlich, obwohl ...

ja

... schreibe ich zurück ...

ja
gerne
jagernejagernejagerne

Er kichert. Ich seufze, grinse, schaue ihm beim Tippen zu, spüre, wie ich mich freue, wie ich warte, dass er schickt. Und endlich, endlich ...

sachte
nicht so stürmisch
bist du immer so

nein

... tippe ich zurück ...

nein
nicht immer

... und schaue ihn an und wahrscheinlich sieht er in meinem Blick, in meinen Augen ... aber egal, was immer er sieht, es stimmt ja, es stimmt, und er soll mich doch endlich ... endlich ... angreifen, berühren, fortstreichen das Krümelchen, das da sitzt an meinem Mundwinkel, dem linken, das da wartet auf seine vorsichtigen Finger ...

Er hat es mir dann fortgestrichen und ich habe es gespürt wie eine Wolke, wie einen Flaum, seine Finger an meinem Mundwinkel für die Winzigkeit eines Augenblicks und es war aber doch ... als wäre es für immer ... und es war aber doch ... als wäre die Welt für diesen Augenblick, für diesen einen ... ganz rund.

Und dann, aber dann fährt sie ihre Spitzen und Kanten aus, die Welt, immer wieder, stößt ihre Schreie hervor und man stolpert und knallt sich die Seele blutig. Sie bleibt selten lange rund, die Welt, und manchmal, manchmal ist sie ein Riesenarschloch, stürmt los wie eine Furie, so tough und klar und laut und brüllend und hinein in einen Schlaf, hinein in eine Stille, die gerade noch vollkommen war, aber dann ...

Es ist meine Schuld. Wir haben die Zeit übersehen. Ich habe Paul nicht rechtzeitig geweckt. Nicht mit seinen Ritualen versehen, nicht ihn langsam ankommen lassen. Es ist meine Schuld. Aber dafür, scheiße noch mal, kann ich mir jetzt auch nix kaufen! Wir müssen raus aus dem Zug. Hinein in einen Bus. Und das zackzack! Das Meer ist nicht mehr weit.
Sollte man meinen.
Denn er will nicht. Paul will nicht. Und sträubt sich. Scheiße.
Was tun? Mama, denke ich, Papa, denke ich, was tun? Was tun jetzt?
Aber da ist keiner, der mir hilft. Selber schuld. Ich Trottel musste ja auf dieser Wahnsinnsidee bestehen!
„Paul", sage ich, „komm. Wir müssen aussteigen."
Heftig schüttelt er den Kopf.
Ich möchte ihn hochziehen, aber das darf ich nicht, denn dann müsste ich ihn anfassen, ihn berühren, und wenn ich das tue, dann ...
„Paul", sage ich noch einmal, „steh jetzt auf! Nimm deinen Rucksack. Wir müssen aussteigen!"
„Müssen aussteigen, raussteigen, maussteigen, saussteigen, laussteigen", leiert er vor sich hin und kneift die Augen zusammen. Monotoner Singsang, der leiser wird, ganz leise.

Er kauert sich in seine Ecke, hält sich die Ohren zu, schüttelt panisch den Kopf und murmelt seine Worte in sich hinein, immer wieder seine Worte.

Scheiße, denke ich, Papa hat recht gehabt, wir schaffen das nicht, ich bin zu blöd und Paul sowieso.

Langsam fährt der Zug in den Bahnhof, wir sollten zur Tür, den Leuten hinterher, die sich allesamt schon zum Aussteigen richten. Aber Paul will nicht. Paul hockt in seiner Ecke in seinem unausgeschlafenen Schlaf, der ihn in den Krallen hält und ihn vor mir verschließt, und schaukelt mit dem Oberkörper hin und her wie ein Elefant in einem zu kleinen Gehege. „Paul", sage ich noch einmal und werde immer hektischer und spüre, wie mir der Schweiß ausbricht, „Paul, komm jetzt endlich! Wir wollen doch ans Meer!"

„Meer", murmelt Paul und hält sich die Ohren zu, „Meer, Heer, Bär, Teerteerteer. Sehrsehrsehr. Leerleerleer."

Die Leute fangen an zu schauen. Was sie wohl denken, denke ich, was sie wohl denken. Aber ich weiß es ohnehin.

Es kribbelt in meinen Fingern, ich möchte meinen Bruder anfassen, ihn hochziehen, ihn packen an seiner Jacke oder um die Schultern und ihn einfach hinter mir herziehen. Aber das wird nicht funktionieren, das weiß ich, denn ich darf ihn nicht anfassen, nicht ihn anfassen, nein, sonst ... wird alles nur noch schlimmer.

„Komm doch! Dort vorn haben sie eine Schiebetür! Wir gehen jetzt zur Schiebetür und sie wird sich ganz automatisch öffnen, wirst sehen, Paul, ganz automatisch, und dann gehen wir da durch und dann steigen wir aus!"

Ich locke ihn mit seinen Sachen, mit seinen süßen Dingen, aber ich tue es zu aufgeregt, mit zu vielen Worten, ich tue es zu drängend und zu flatterig und er wird meine Panik spüren und es wird seine Panik verdoppeln und ich weiß das alles,

aber was ... was, verdammt noch mal, soll ich denn sonst tun??
Kurz flackert Erkennen hoch in seinen Augen, kurz wird er ruhig und starr und ich denke, ja, jetzt kommt er, ich habe es geschafft, jetzt geht er mit mir durch die Schiebetür, durch die Scheißschiebetür, und wir werden das hier überstehen, ohne dass ich sterben muss ... aber dann ...

... aber dann ... aber dann ... oh. Bitte. Gott. Hilf ... aber dann geschieht, was ich am meisten gefürchtet habe, was ich immer am allermeisten fürchte.

Er.

Fängt.

Zu.

Schreien.

An.

Er fängt, scheiße noch mal, zu schreien an! Und ich kann nichts tun. Nichts.

Er beginnt mit seinem schrecklichen Schrei, er beginnt ihn leise, monoton, gefangen noch in sich selbst, kaum hörbar, aber ich weiß, er wird sich steigern, dieser Schrei, er wird herauswachsen aus der Stille und hinein in ein schrilles Rauschen, das dir die Ohren verschlägt, den Atem nimmt, das Blut gefriert und dich dann müde macht, so müde. Und nichts kann ich dagegen tun, gar nichts.

Die Leute schauen und beginnen die Köpfe zu schütteln. Es ist schrecklich wie immer, es ist, als könnte ich ihre Gedanken lesen, als wüsste ich, was sie gleich sagen wollen, aber nicht werden, weil sie höflich sind, die meisten zumindest, und dankbar. Ja. Dankbar, weil *dieser* Kelch an ihnen vorübergegangen ist.

Scheiße, denke ich, scheiße, und wage nicht mich umzudrehen nach Tom. Wie peinlich muss das für ihn sein! Wie schrecklich peinlich!

Was wird er wohl denken? Tausendmal bereut, dass er sich uns angeschlossen hat? Keine Worte mehr im Sinn? Keine Worte mehr für mich? Kein Wort mehr ich ihm ...

... und dann ...

Ist.

Es.

Wie.

Immer.

... ich fange an mich zu schämen.

Ganz tief, ganz dunkel, ganz leuchtend und heiß bricht die Scham sich ihre Bahn in mir, in meinem Kopf, in meinem Herzen, in meinem Körper. Ich kann nichts dagegen tun. Ganz tief in mir schämt alles sich für meinen verrückten, gestörten Bruder. Und ganz tief, ganz tief in mir schämt alles sich für dieses Schämen.

Dann kommt der Hass. Der Zorn. Die Wut. Ich möchte gehen. Auf der Stelle. Hinausspringen aus dem Zug! Fort! Ab durch die Mitte! Nie wieder ihn sehen, diesen Bruder, nie wieder! Soll er doch bleiben, wo er bleibt! Soll er doch sitzen, wo er sitzt!

Ganz kalt wird es in mir. Ich weiß, ich kann das jetzt. Gehen. Einfach gehen. Und nehme meinen Rucksack. Und tue es. Gehen. Einfach gehen. ICH.

Es ist leicht. So leicht.

Den Gang entlang und hinaus aus dem Abteil, ich höre, wie jemand meinen Namen ruft, vermutlich Tom. Der mich hassen wird. Und verachten.

Na und?

Was solls!

Was weiß denn der.

So ist das Leben.

Ich bin jetzt *Die-ihren-Bruder-verlässt*.

Na und! Was solls. Scheiße. Was wisst ihr denn alle!

Nächstes Abteil. Leute, die sich bereit machen auszusteigen. Normale Leute. Normales Leben. Und ich gehöre dazu. Jetzt. Plötzlich. Weil ich allein bin. Weil ich *Die-ihren-Bruder-verlässt* bin. Ein Mädchen, das allein mit dem Zug quer durch das Land und hinunter ans Meer fährt. Niemand schaut mich an, niemand stellt Fragen, niemand wundert sich. Warum auch! Wir haben Sommer. Es sind Ferien. Nächstes Abteil. Ich renne nun, drängle mich durch, remple Leute an. Böse Blicke treffen mich, Stirnrunzeln. Egal. *Die-ihren-Bruder-verlässt.* Weiter. Weiterweiterweiter.

Und Paul?

Paul?

Da habe ich ihn plötzlich vor mir, so klar und dicht, als hätte ich ihn auf meine Netzhaut gezogen, als säße er da, seine seltsam wachsamen Augen, seine dünnen Beine, die ihn staksen lassen wie einen Storch auf Brautschau, und plötzlich weiß ich ganz klar, dass Paul *mein* einsamer Storch ist, meiner. Und einer, der sich nie auf Brautschau begeben wird, denn welche Braut möchte sich finden lassen von einem, der sich nicht anfassen lässt, der seine Hände und Finger wie spitze Stacheln von sich streckt, der ein schrilles Lachen lacht, ein schrilles Pfeifen pfeift, ein schrilles Schreien schreit, dass du ihm am liebsten eine scheuern möchtest, einfach so richtig eine scheuern.

Ja.

Genau.

Was bin ich für ein Arschloch! Erschöpft bleibe ich stehen. Plötzlich eine Erinnerung wie ein grelles Blitzlicht. Doch fort damit. Zurück ins Dunkel. Nur eines beherrscht mich groß und klar.

... Arschloch ... ich ...

Arschloch.

Ich.

Beim ersten Mal Verantwortung werfe ich alles hin? Lasse ihn allein?! ALLEIN! Meinen Paul!

Ich denke an Mama. Was wird sie sagen? Und Papa? Er hat alles geahnt, aber ich wollte nicht hören. Jetzt habe ich den Salat und mein Paul ist allein. Was bin ich bloß für eine Schwester! *Die-ihren-Bruder-verlässt.* Was tue ich bloß?!

Ich spüre, wie mein Hass zerbricht und mein Zorn sich in Luft auflöst. Ich erschrecke vor mir und dem, was ich getan habe, gehen, einfach gehen, hinaus aus dem Sturm. Ich spüre mein Herz, schwer trägt es sich.

Nein, denke ich, nein.

Umdrehen. Rasch. Zurück. Gegen den Strom. Paul. Wieder ein Blitzlicht. Wieder eine Erinnerung. Wieder weg damit! Ich will sie nicht sehen.

Mich vorbeidrängeln an denen, die sich fertigmachen zum Aussteigen, deren Ziele so leicht scheinen. Zurück zu Paul. Wird er noch da sein? Wird alles gut werden?

Mein Herz schlägt, als gäbe es kein Morgen, als poche es mein Blut durch einen letzten Tag.

Mach, denke ich, bitte mach, wer immer du bist, bitte mach, dass alles noch ist, wie es ist, Paul nicht verloren, nicht irgendwo. Er ist noch da.

Idiotin ich.

Natürlich ist er noch da. Wo sollte er sein? Ich atme auf.

Er sitzt an das Fenster gelehnt, mit den Armen sich selber umschließend, vertieft in sein Schreien. Alle Gesichter sind für ihn nun wie ausradiert, niemanden sieht er, nur Schatten, Gespenster bloß, auch ich ein Gespenst, sein schrecklichstes wahrscheinlich in diesem Augenblick. So wie er für mich!

Die Tränen kommen, beginnen mir die Welt zu verschleiern. Er, denke ich und lasse mich neben ihm nieder, er braucht keine Tränen, damit die Welt sich verschleiert, die Welt ist ein Schleier von Grund auf für ihn, eine Fremdheit, eine Distanz, eine Gefahr. Plötzlich weiß ich, warum Mama diese Angst hat, diese schmerzvolle Angst, diese sachte Bitterkeit und ein immerwährendes Traurigsein. Ja, Mama, ich weiß jetzt so vieles und nichts wird dadurch anders und einfach.

Wieder trifft mich das Blitzlicht, ich kann mich nicht mehr wehren gegen die Erinnerung.

Ich denke zurück, wo ich nie mehr hingedacht habe seit damals, alles fällt mir wieder ein, alles ist wieder da, hell und gleißend, wie Blitze stürzen die Bilder in mich. Ich weiß nicht, wie lange wir hier sitzen, mein Paul und ich. Ganz nahe sitze ich an ihm, so nahe es geht, und doch berühre ich ihn nicht und würde das aber so gerne, würde ihn so gerne in meine Arme schließen, aber ich weiß, meine Berührungen wären wie Stiche für ihn, wie spitze, kantige Stiche, die ihm die Haut zerkratzten und die Seele blutig schrammten.

Ich weiß nicht, wie viel Zeit vergangen ist, aber irgendwann merke ich, dass der Zug steht, vermutlich sind wir in den Bahnhof eingefahren. Jemand hat den Schaffner geholt, der steht in der Mitte eines Kreises von Leuten, die uns anstarren und abends ihren Familien von den Verrückten im Zug zu berichten haben werden, von den Freaks.

Ich sehe Tom gestikulieren. Den hatte ich völlig vergessen, aber nun steht er hier und redet mit dem Schaffner.

„Ja, und was machen wir da jetzt?", fragt der. „Was sollen wir jetzt mit deinem Bruder tun? Wie bringen wir den jetzt ohne größeres Aufsehen hier raus? Wir müssen schließlich irgendwann weiterfahren! Sollen wir einen Arzt verständigen? Oder die Polizei?"

„Nein", sagt Tom erschrocken, „wir brauchen doch keine Polizei! Auch keinen Arzt! Lassen Sie mir ein bisschen Zeit! Bitte!
Er hat sich doch nur erschrocken! Er muss sich beruhigen und
dann können wir ganz in Ruhe aussteigen. Und meine Schwester ist ja jetzt auch wieder vom Klo zurück. Zusammen kriegen
wir das schon hin."

Der Schaffner mustert Paul, der immer noch hin- und her-
wackelt, der immer noch schreit, dann seufzt er. „Ja, und eure
Eltern", fragt er argwöhnisch, „wo sind die? Wieso lassen die
euch hier allein?"

Tom verdreht die Augen. „Aber das habe ich Ihnen doch schon
erklärt! Und sehe ich aus, als hätte ich irgendetwas hier nicht
im Griff?"

Er grinst den Schaffner treuherzig an und der gibt schließlich
klein bei. „Also gut. Aber schaut jetzt ganz schnell, dass dieses
Geplärre aufhört und dann nichts wie raus hier!"

„Ja", sagt Tom, „danke!"

Er lächelt erleichtert, schaut mich an, zwinkert mir zu, nimmt
das Sax, beginnt zu spielen und plötzlich ... plötzlich bekommt
alles um uns herum eine große Ruhe, eine große Stille. Wie
Samt sind die Töne, dunkelfarbig und weich. Und Paul ...

Sein Schrei verstummt und er fällt in ein Flüstern. „Derplinkerplönkerunddiepaula ... derplinkerplönkerunddiepaula
... derplinkerplönkerunddie ..."

Alles vermischt sich, das Sax, Pauls Flüstern, die Töne rundherum, die Farben rundherum und plötzlich ... plötzlich spüre
ich seine Hand an meiner, Pauls Hand an meiner, sie flattert
heran, berührt mich und flattert wieder fort, aber sie lässt eine
kleine Wärme da, ein kleines Sorgen. Ich schaue in sein
Gesicht, das sich entspannt hat und lächelt. „Ans Meer",
flüstert er, „PaulaPaulTom ans Meer."

„Ja", flüstere ich zurück, „genau. PaulaPaulTom ans Meer."

Ich stehe auf und Paul tut es mir gleich, wir nehmen unsere Rucksäcke und folgen Tom, der schon an der Schiebetür steht. Er ist ein Rattenfänger, denke ich, während Paul durch die Schiebetür stakst, ein Rattenfänger ist er, und muss lächeln. PaulaPaulTom ans Meer.

„Bruder", sage ich, „Bruder? Und Schwester? Hast du Bruder und Schwester gesagt? Und *unsere* Eltern?"
Er grinst. „Na ja, was hätte ich sonst sagen sollen? Ich hatte nicht wirklich Lust auf Polizei und Entführung und so." Er zuckt die Schultern, schaut mich vorsichtig an. „Nachdem du dann ja weg warst."
Auf der Stelle werde ich rot. Auf der Stelle beginnt mein Herz zu pochen wie ein Pressluftbohrer. „Entschuldige", flüstere ich, „entschuldige! Es tut mir so leid."
„Ach was", sagt er, „bist ja wiedergekommen."
Ganz weich ist seine Stimme, weich und warm und ich weiß nicht, wie ich das verdient habe.
„Und wenn nicht?", frage ich so leise, dass er es kaum hören kann. „Was, wenn nicht?"
„Die Frage hat sich nicht gestellt", sagt er, „ich wusste, dass du wiederkommen würdest."
Ich schaue ihn an, in seinen Augen blinkt ein dunkles Licht. „Wieso", frage ich, „wusstest du das?"
Er schweigt, denkt nach, schaut aus dem Fenster.
„Weil es einfach so ist", sagt er dann. „Weil ich weiß, dass man manchmal auszucken muss. Und dann macht man blöde Dinge. Und dann beruhigt man sich wieder."
Er macht eine kleine Bewegung. Ich nicke, wir schweigen ein wenig vor uns hin.

„Übrigens", sagt er irgendwann, „übrigens würde ich in Wirklichkeit nicht unbedingt dein Bruder sein wollen."

Ich muss lachen. „Nein?", frage ich. „Bin ich so schrecklich?"

„Nein", sagt er, „schrecklich bist du eigentlich nicht."

Er grinst.

„Was denn sonst?", frage ich.

„Was *was-denn-sonst*?", fragt er und tut ein bisschen auf *nicht-wissen-was-ich-meine*. Ich muss lächeln und habe das Gefühl, dass ich ihm nicht länger in seine Augen schauen kann, die sind einfach zu braun, zu ...

„Was denn sonst möchtest du sein?", frage ich leise.

„Ach, weißt du ...", sagt er.

„Ach, weiß ich ...", sage ich.

Er lächelt und plötzlich spür ich ein leises Ziepen an meiner Kopfhaut, weil er eine Haarsträhne genommen hat und sie um seinen Finger wickelt. „Ich hab doch eigentlich nur weg wollen", sagt er, „und dann treffe ich ausgerechnet auf euch."

Ich schaue ihn fragend an.

„Ja. Ausgerechnet auf euch."

Der Sommer ist so warm, denke ich, so wunderbar warm, so von innen heraus warm, obwohl es immer noch regnet, obwohl sich die Regenschlieren die Scheiben entlang ihre Wege suchen. Wir sitzen in einem Bus, unser Sommer besteht aus Zügen und Bussen, die uns ans Meer bringen, unser Sommer besteht aus Paul, der fasziniert den Regenschlieren folgt, die ihm ständig, ständig vor der Nase davonlaufen, unser Sommer besteht aus leisen Stimmen und einer Wärme von innen und meiner Haarsträhne um Toms Finger und der Ahnung, dass wir uns tausend Jahre kennen oder vielleicht sogar mehr.

Und dann sind wir da.
Endlich.
Am Meer.
Endlich.
Und es leuchtet.

Und *es schlürft sich heran, das Meer, dem Paul freundlich entgegen*
und Paul sinkt hinein in sein Schlürfen, in sein Glürfen, in sein Lürfen
... so sanft sind die Wellen, die Wellendellen, die Dellenhellen, so sanft
wie der Morgenkaffee in Mamas Küche und ihre Stimme und die Brise
und die Gischt mit den weißen Kronen. „Paula", fragt Paul, „ist das
jetzt das Meer?"
Und Paula sagt „Ja, Paul, ja. Das ist das Meer." Und Paula sagt: „Fass
es an, Paul, das Meer! Nimm es in die Hand!"
Anfassen das Meer? In die Hand nehmen das Meer?
Pfff! Tzzz!
Huschhusch, Weiber, dummdumm!
Paul rümpft die Nase. Anfassen das Meer? In die Hand nehmen das
Meer? Wie soll das gehen?
Wie kann man anfassen das Glänzen, anfassen das Glimmen vom
Blau und der Sonne? Wie soll man das tun, ohne zu verbrennen?
Weiber. Tztz. Huschhusch. Dummdumm, schrummschrumm, die
Paula, schrummschrumm.
„Komm, Paul", sagt Paula und lacht und tupft ins Wasser und hoch
mit dem Zingerfinger, dem nassen, dem Paul an die Nase. „Huch",
macht der Paul und hüpft zurück ein winziges Stück, das Meer an der
Nase, wie kann das sein, wie kann das gehen?
Nein, nicht verbrannt ist dem Paul seine Nase, nicht verbrannt ist der
ganze Paul, tztz, huschhusch, Weiber, tztz. Vorsichtig dreht Paul sich
im Kreis, schaut sich um, da hinten hockt der Plinkerplönker und

wühlt mit den Zehen im Sand und da vorn steht die Paula und tupft
mit dem Finger ins Blauwasser, ins Glimmerwasser und in der Mitte
steht der Paul und der spürt jetzt, der weiß jetzt, derweißjetztder-
scheißjetztdergeißjetzt: Das ist das Meer.

Das ist das Meer.

Ja. Wir sind da. Wir sind jetzt also da.
Das Meer ist ein großer Brocken silbernen Wassers, tags blinkt
die Sonne hinein oder der Regen und nachts der Mond oder
nichts. Das Meer leuchtet und tut uns gut. Ruhig macht es uns,
saugt uns an, hält uns fest.
Wir schlendern die Strandpromenade entlang, biegen ab,
erkunden die Straßen und Plätze, kehren immer wieder ans
Wasser zurück. Tom erkennt alles wieder. Ich merke es an der
Art, wie seine Augen langsam über die Dinge hinstreifen und
diese sich ihm zu erkennen geben; wie seine Füße langsam
Besitz nehmen von vertrauten Straßen und vertrauten Plätzen,
von Orten, die er sich viele Male zuvor schon ergangen,
ersehen, erhört hat.
„Du bist schon hier gewesen", sage ich.
„Ja", sagt er.
„Oft", sage ich.
„Oft", sagt er.
Seit wir hier sind, ist Tom anders. Stiller. Alleiner. Ich hätte so
gerne, dass er mich küsst, aber er tut es nicht. Er berührt mich
auch nicht mehr. Kein Kopfhautziepen, weil er sich meine
Haare nimmt und um den Finger wickelt, keine Chatterei, die
in mein Herz fährt und in meine Haut und sie zum Kribbeln
bringt, keine Fragen, die sich wie von selber fragen.

Nichts weiß ich von ihm, nichts, ist er ein Traumtänzer, ein Gratwanderer, einer, der sich durch die Gezeiten strudelt, immer ein bisschen am Kamm der Hölle entlang? Seit wir hier sind, ist er still und in sich gekehrt. Macht das die Luft, die geklärt und rein vom Regen sich golden über das Meer spannt? Macht das das Julimeer, das er so gut zu kennen scheint?

Ich kräusle die Zehen in den Sand und Paul tut es mir gleich. Ich muss lächeln. Er ist so neugierig geworden, ein Abenteurer, ich bin so stolz auf ihn. Ich mache ein Foto und schicke es Mama, sie wird platzen vor Freude.

Als es anfängt zu dämmern, fängt Tom endlich wieder an zu reden. „Wir sollten langsam los", sagt er. Ich bin erleichtert, ich hatte schon gedacht, er wäre verstummt.

„Ja", sage ich. „Lass uns ein Hotel suchen."

„Nein", sagt er, „kein Hotel. Mein Großvater."

Ich staune. Er lächelt ein bisschen. „Er hat mir das Saxofon geschenkt. Und mir die ersten Töne beigebracht. Ich glaube, er weiß viel über mich."

„Wow", sage ich. „Lebt er schon lange hier?"

„Immer schon."

Immer schon! Wow! Wieder staune ich. Immer schon ist lang. Immer schon ist *Immerschon*. Meine Gedanken beginnen zu rattern ...

Wie er wohl aussieht? Ich denke nach. Wahrscheinlich hat er einen dichten, grauen Bart und drei Katzen und trägt den gestreiften Anzug eines Matrosen an seinem großen Seebären-körper und weil sein Seebärenkörper im Lauf der Jahre so groß und breit geworden ist, zwickt der Anzug ein wenig. In den Neumondnächten geht er hinaus in die Dunkelheit und spielt Flöte, um die Kraft des Meeres zu bannen. *Immerschons* Frau ist ein hutzeliges altes Weiblein, das keine Zähne mehr hat und deshalb nur noch in Milch getauchte Brotbröcklein essen kann. In Vollmondnächten jedoch ist sie die *Mächtige über den Wind und das Wasser,* sie trägt ein Kleid aus grünblitzenden Wasserperlen, aus Algen und Tand und ihr Haar färbt sich blau wie das tiefste Blau in den tiefsten Tiefen des Ozeans. Sie befiehlt den Ost-, den Nord-, den Süd- und den Westwind herbei, schwingt sich auf die höchste aller Wellenkronen und saust dahin über das Meer, hinweg zu seinem Anfang, hinfort an sein Ende, doch, den Göttern sei Dank, *Immerschon* mit seiner Flöte steht inmitten des Meeres, er hat die Wellen geteilt, nimmt die *Mächtige über den Wind und das Wasser* an seine Seite, sie wandelt sich zurück in sein hutzeliges Weiblein und er befiehlt ihr, ihm sein kaltes Bett zu wärmen. Meistens gehorcht sie, murrend zwar, aber doch. So ist die Ordnung wiederhergestellt und das Meer ist befriedet. Manchmal jedoch schlägt sie ihm die Flöte aus der Hand, die Wellen erheben sich und brechen in Stürmen übereinander her.

„Was spinnst du denn rum?", fragt Tom misstrauisch und grinst. „Was geht dir denn durch den Kopf?"
Ich muss lachen. „Wie sieht dein Großvater aus?", frage ich. Er hebt erstaunt die Augenbrauen. „Wie er aussieht? Was ist das für eine Frage? Keine Ahnung. Wie einer halt aussieht. Ganz normal."
„Und seine Frau?"
Kurz überlegt Tom. „Ich glaube, er hat grad keine."
„Und Katzen? Hat er wenigstens Katzen?"
Den Blick, den er mir zuwirft, kann ich lesen. Er sagt: Hat sie noch alle Tassen im Schrank?
„Keine Katzen. Einen Hund."
„Hund, Bund, rund", ruft Paul und zeigt aufgeregt nach vorne zur Wasserlinie. Ich schaue seinem Arm hinterher. Ganz nah

am Wasser spaziert eine Frau, sie trägt einen Hut und einen weiten Pareo. An einer Leine führt sie einen Hund, einen massigen, langfelligen Schäfer. Er passt zu ihr, denke ich, er ist ein Wolf. Winterwolf und Sommerfrau. Plötzlich ein Windstoß, der Hut hebt sich vom Kopf der Frau, flattert ins Wasser, sie läuft ihm hinterher, ihre Haare leuchten blau wie der Himmel, blau wie das Wasser. Blau wie das tiefste Blau in den tiefsten Tiefen des Ozeans.

Nein, denke ich, nein, nein, das kann nicht sein, ich sehe Gespenster!

„Das ist ja ...", sagt Tom überrascht neben mir.

„... Frau Lagerstett", sage ich.

„... Bruno", sagt Tom.

„**Wer** ist Bruno?", frage ich.

„Der Hund", sagt Tom, „der Hund meines Großvaters. Und wer ist Frau Lagerstett?"

„Meine Englischlehrerin", sage ich.

„Wie kommt deine Englischlehrerin ...", fragt Tom.

„... zum Hund deines Großvaters?", frage ich.

Wir schauen uns an wie zwei Aliens, dann nichts wie dem Hund und der Frau hinterher!

Und dann hat sich alles aufgeklärt. Frau Lagerstett hat große Augen gemacht, als wir plötzlich vor ihr aufgetaucht sind.

„Paula", hat sie gestaunt, „Paula! Was machst du denn hier?"

„Und was machen Sie hier?"

Da ist sie rot geworden wie ich in meinen uncoolsten Zeiten nicht. Aber es hat gut mit den blauen Haaren kontrastiert, ich hab lächeln müssen und an Jennys Worte gedacht.

Und dann kam er auch schon daher, der scharfe Lover aus dem Internet. Ein Mann um die sechzig. Grauer Bart, aber höchstens drei Tage alt. Groß, drahtig. Kein Matrosenanzug. Braunes Gesicht, Stimme wie Donnergrollen, als er den Hund rief. Nicht zu fassen. Es war Toms Großvater. Nicht zu fassen.
Und von wegen, grad keine Frau!

„*Sie* geht. Sie sagt, es ist genug. Sie hat ihren Teil erfüllt und jetzt geht sie", sagt Tom.
Immerschon nickt und schweigt.
Ich verstehe nur Bahnhof.
Frau Lagerstett, zu der ich plötzlich Julia sagen darf, kocht Lasagne. Es riecht nach Sugo und frischen Kräutern. Paul schnuppert sich langsam, aber stetig um Frau Lagerstett und den Ofen herum. Ich bin stolz auf ihn. Er ist so erwachsen und mutig geworden.
„Warum hast du es ihr nicht ausgeredet? Ich weiß, dass sie hier gewesen ist, dass sie dich um Rat gefragt hat. Hast du überhaupt nicht an mich gedacht?" Toms Stimme ist rau und brüchig.
Der Großvater, den ich John nennen soll, räuspert sich langsam. „Sie hat mich nicht um Rat gefragt. Sie hat es mir nur erzählt."
„Aha! Nur erzählt! Na super! Du bist ihr Vater!"
„Ja", sagt John, „ja, das stimmt. Aber was erwartest du, Tom? Deine Mutter ist erwachsen. Ich kann ihr doch nichts verbieten!"
Er beginnt einen Apfel zu schälen, schneidet ihn in Spalten, hält Paul eine hin. Paul nimmt sie, schnuppert vorsichtig daran, steckt sie in den Mund. John nickt zufrieden, erhebt sich.

„Kommt", sagt er, „gehen wir noch ein wenig ans Wasser. Mein Julchen passt schon auf, dass die Lasagne nicht verbrennt."

Paul folgt ihm. Ich staune. Alles Rattenfänger hier?

Das Licht ist milde geworden, wie von einem feinen Rot durchglüht, ich spüre eine leichte Kühle auf den Armen. Wir sitzen im Sand, leicht rauschen die Wellen heran, am Horizont schon Dämmerung.

„Lass sie gehen", sagt John, „dass sie wiederkommen kann."

Empört lacht Tom auf. „Das ist alles! Diesen uralten Scheißsatz sagst du mir? Mehr weißt du nicht dazu?" Er stößt mit dem Fuß in den Sand, dass es nur so spritzt. „Arschlöcher seid ihr doch! Alle!" Und weg ist er.

Ich will ihm hinterher. John hält mich zurück. „Lass ihn, Paula. Lass ihn."

Ich schüttle ihn zornig ab. Erwachsene! Was die schon wissen!

„Wieso? Damit er zurückkommen kann?"

Er lacht leise. „Kluges Mädchen." Ich bin nicht sicher, ob ich ihn mag. Paul schon. Paul schaut ihn mit großen Augen an und sagt: „Apfel." Und John schneidet ihm einen Apfelschnitz zurecht.

Tom steht vorne an der Wasserlinie. Wie schmal sein Rücken ist. Seine Schultern. Und müssen doch alles tragen. Ich geh zu ihm hin, stelle mich dicht neben ihn, unsere Arme berühren sich, ich spüre seine Wärme. Er spürt meine.

Später hat er mir alles erzählt. Nachdem wir zurückgekehrt waren. Und er sich an die Seite seines Großvaters gesetzt hatte. Und der seinen Arm um ihn legte. Und wir Lasagne aßen. Die richtig geil schmeckte. Und ich gemeinsam mit Julia den Abwasch machte. Während die Männer im Feuerkorb vor dem Haus das Feuer schürten. Und wir dann zuschauten, bis alle

Scheiter zusammengebrannt waren. Schweigend. Aber so, dass man spürte, dass es passte, irgendwie. Die Nacht, die Sterne, das Schweigen, das Feuer, wir. Alles eben. Passte. Irgendwie. Na ja. Zumindest halbwegs. Keine Ahnung.

Dann verschwanden Frau Lagerstett und Toms Großvater im oberen Stock im Schlafzimmer, wo sie dem lauten Gelächter und Getrappel nach zu schließen Fangen spielten oder sonst irgendwas, was so klang. Auf alle Fälle waren sie nicht zu überhören und voll Übermut und voll Lachen und Tom und ich schauten uns an, seufzten, tippten uns an die Stirn und schüttelten die Köpfe. Paul tat es uns nach. Ich musste grinsen und schrieb in Gedanken meine Geschichte ein wenig um ...

Immerschon mit seiner Flöte steht inmitten des Zimmers nach getaner Arbeit, er nimmt die *Mächtige über den Wind und das Wasser* in seine Arme, sie wandelt sich in eine weiche, warme Frau und er bittet sie, gemeinsam mit ihm das kalte Bett zu wärmen. Zärtlich nimmt sie ihn an der Hand und führt ihn dahin.

Nachdem es über unseren Köpfen ruhig geworden war, erzählte Tom. Paul und ich haben zugehört.

Dass sie immer funktioniert hätte, ein Leben lang, habe seine Mutter am Abend seines Geburtstages vor drei Tagen in der Pizzeria seines Vaters gesagt. „Ich habe immer funktioniert, ein Leben lang, aber jetzt muss ich damit aufhören. Das bin ich mir schuldig."

Dass sie sich das schuldig sei. Ja. Dass er, Tom, nun siebzehn sei. Und sie mit seinem Vater ausgemacht habe, dass er ab dann bei ihm lebe. Wenn er das wolle. Wenn ihm Alleinsein noch zu viel wäre. Was sie verstehen könnte, aber trotzdem ... trotzdem müsse sie nun ... sie sei es sich schuldig ...

„Was", hat Tom gefragt, „was musst du? Was bist du dir schuldig?"

Sie hat es nicht gewusst. Das hat er an ihren Augen gesehen. An deren Traurigkeit. Sie konnte nichts sagen. Nur ihn anschauen. Sie hatte einen Vertrag geschlossen, genau an diesem Tag vor siebzehn Jahren, als sie ihn auf die Welt gebracht hatte. Einen Vertrag mit seinem Vater. Dass sie ab diesem Tag nicht mehr zuständig wäre. Dass ab dann der Vater übernähme ...

„Sie hat mich verschachert wie eine Ware", sagt Tom, „sie hat mich verkauft. Nachdem wir siebzehn Jahre lang miteinander gelebt haben, sie und ich. Hab ich ihr denn nichts bedeutet? Bin ich ihr nicht wichtig?"

Jede Woche am Mittwoch hätte er in der Pizzeria seines Vaters eine Pizza gegessen. Sein ganzes Leben lang. Na ja, nicht ganz. Nicht schon als Baby. Sobald man halt eine Pizza vertrage. Und er nicht krank gewesen sei. Oder auf irgendeiner Schulwoche. Oder auf Urlaub.

Anfangs habe seine Mutter ihn gebracht, später sei er allein mit der Straßenbahn hin und abends habe sein Vater ihn mit dem Auto heimgefahren. Und dann wären sie vor der Haustür gestanden und hätten geredet. Oder geschwiegen. Je nachdem. Denn manchmal gab es nichts zu reden. Häufig aber schon. Ganze Wasserfälle. Vor allem der Vater. Von den Frauen meistens und dass die es einem selten einfach machten, nein, eigentlich nie, und dass er, Tom, sich vielleicht noch ein wenig hüten solle vor ihnen, vor den Frauen, er habe ja noch ganz viel Zeit. Und, wie um das zu bekräftigen, redete der Vater dann meistens von Fußball und von Toren, die seien so toll wie die tollsten Küsse nicht.

Er mache übrigens wirklich gute Pizzen. Dieser Vater. Immerhin. Auch wenn er kein Italiener sei.

„Na, das ist doch immerhin was", habe ich gesagt. „Mein Vater ist Manager. Und auch kein Italiener. Und er kann null kochen. Dem verbrennen sogar gekochte Eier."

Tom hat geschwiegen. Na ja, war wohl nicht der tollste Trost. Und nicht der beste Witz, also schwieg ich auch lieber.

„Ich habe es ihr so einfach gemacht", hat er irgendwann gesagt, „sie musste sich nie viel kümmern. In der Schule nicht, im Leben nicht. Als hätte ich geahnt, dass ich ihr nicht zur Last fallen durfte. Weil sie mich dann vermutlich noch früher weggegeben hätte, gespendet ... oder so ... an die Caritas oder so ... oder an einen Fußballverein, was weiß der Teufel. Verkauft! Der Meistbietende hätte den Zuschlag gekriegt, was weiß der Teufel!"

Ich auch, denkt es irgendwo in mir, aber ganz weit weg, wie ein Splitter nur, der auftaucht und verschwindet, ein Splitter im Heuhaufen meiner Gedanken, ich wollte das auch schon mal ... meinen Bruder verkaufen ...

Kopfschütteln, wegpusten den Heustaub.

Sie hat es bestritten, Toms Mutter. Was das für ein Unsinn sei! Hirnverbrannter Quatsch! Verkauft? An den Meistbietenden?

„Spinnst du?! Red nicht so einen Stuss zusammen!" Sie halte sich einfach an eine Abmachung. Bis siebzehn sei ausgemacht gewesen. Bis siebzehn. Und da wären sie nun.

„Aha", hat Tom gesagt. „Aha. Bis siebzehn also. Bis hierher und keinen Schritt weiter."

Da hat sie keine Antwort gewusst.

„Leck mich am Arsch", hat Tom gesagt und ihr die Geburtstagstorte vor die Füße gekippt. Das Schlagobers spritzte, dass es eine Freude war.

Dann sei er hinaus auf die Straße, sein Vater ihm hinterher. „Sie meint es nicht so, wie du glaubst", sagte er. „Sie meint es so, wie sie es sagt. Wir haben uns das damals wirklich so ausgemacht. Vielleicht verrückt, aber wir konnten halt nicht miteinander leben, sie und ich, und da haben wir uns das halt so ausgemacht. Wir dachten, du solltest uns beide haben. Irgendwie. Und es ist uns nichts Besseres eingefallen. Und sie möchte halt diese zwei Jahre nach Kanada. Wegen der Sprache. Wegen des Jobs. Du weißt schon. Und dafür wäre die Zeit jetzt gut. Und du kannst sie dort in den Ferien besuchen. Ist doch auch was! Hör mal! Kanada! Und was sind zwei Jahre!"

Oben poltert es. Die Tür schlägt auf und sie kommen herausgelaufen, sie schreiend voraus, er prustend hinterher, beide nackt, man kann gar nicht hinschauen, sonst wird einem schwindelig von all dem, was da so an ihnen herumpendelt, trotzdem müssen wir sie mit großen Augen anstarren. Paul fährt seinen Zingerfinger aus, sticht aufgeregt Löcher in die Luft. *Oh my God,* denke ich, *oh my God!*
Ich fange Pauls Zingerfinger ein und Toms Großvater Frau Lagerstett. „Schniedel", sagt Paul, „Titten."
„Aber sie sind doch ...", sage ich, während Paul den Zingerfinger aus meiner Hand windet und neue Löcher sticht. „Alt", fragt Tom und grinst, „meinst du alt?"
Ich zucke mit den Schultern. „Schniedel", sagt Paul, „Titten."
„Hört wohl nie auf", sagt Tom.

Vorne an der Wasserlinie gräbt Paul im Sand, macht Häufchen um Häufchen. Mein großer Bruder mag Äpfel und Birnen und das Meer. Ich meine, ich weiß nicht genau, ob er das Meer mag, er mag wohl das Gefühl, wenn das Wasser vorsichtig seine Beine ankitzelt. Er mag wohl das Gefühl, wenn kleine, nasse Salzspritzer ihn am Körper treffen. Dann jubelt er, wirft die Arme um sich und schreit seine glücklichen Schreie in die nasse Salzluft. Und wenn am Abend die Dunkelheit kommt, sitzt er am Rand des Meeres, am Rand des Wassers, denkt sich hinein, murmelt seine Wörter vor sich hin und tröpfelt sie ins Wasser. Manchmal kann ich ihn verstehen. Manchmal nicht.

Spiel doch, Plinkerplönker, denkt Paul, spiel doch dem Meer was ins Ohr mit deiner mächtigen Flöte, und ja, der Plinkerplönker tut es, holt hervor das goldene Ding und lässt es singen, tief und voll Zittern, und das Meer wird ganz weich und ganz warm, und vielleicht könnte man hineingehen ins Meer, ins Wasser ohne Sorge, ohne dass es einen zerkratzt und zerschrammt, vielleicht, ja, vielleicht ...

Huch, denkt Paul, als das Wasser ihn angreift, das salzige Wasser von ganz tief aus dem Meer, huch, denkt er ... kratzepatzekatze ... kammkatzeschramm ... und quietscht und springt über die Wellen ... diekleinendiefeinendiereinen ... und springt und spürt das Kalte, das Zittrige um die Füße und erschrickt. Lieber wieder hinaus und zurück in den Sand, den warmen, den klebrigen, der setzt sich warm und gut zwischen seine Zehen.

„Komm, Paul", ruft Paula, „komm her zu mir!", und winkt von vorn, und das Wasser leckt an ihre Knie, aber das macht nichts, Paul staunt, nein, es macht ihr nichts aus, der Paula, dass das Wasser schon an ihre Knie leckt mit kribbeligen Zungen, mit hibbeligen Lungen. Sie lacht und winkt und ruft.

„Komm, Paul", ruft sie, „komm! Das Meer tut dir nix. Musst keine Angst haben vor dem Meer!"

Weiß nicht, denkt Paul, reißnichtscheißnichtbeißnicht! Er spreizt seine Arme, seine Finger und macht sich fertig zum ein bisschen Schreien.

„Ist bloß wie eine Schiebetür", ruft Paula und lacht. „Wie eine Schiebetür!"

Paul reißt die Augen auf. Und schließt den Mund. Und macht die Augen rund.

Schiebetür?

Das Meer?

Tztz, huschhusch, Weiber!

Spinnt die Paula jetzt? Ist die Paula bescheuert?

Tztz, huschhusch, Weiber!

„Aber es stimmt, Paul", ruft Paula von vorn aus dem Meer, „es stimmt! Du kannst es ruhig glauben. Das Meer ist eine Schiebetür! Schiebst du sie auf und gehst du hindurch, dann macht dich das glücklich. Und ein wenig frei!"

Glücklich? Das Meer? Und frei?

Paul staunt.

„Na los, Paul! Schieb sie auf! Los! Schieb sie auf! Trau dich!"

Und sie macht es ihm vor, schiebt mächtig eine Tür auf, mit großem Trara und großem Tatüüü und lachtlachtlacht.

„Schiebetür", ruft sie, „Schiebetür! Schieb sie auf! Schieb dich ins Wasser! Das ist gut! Fein! Wunderbar! Du wirst sehen!"

Paul staunt. Weil die Paula spinnt! Weil dummdumm, die Paula, schrummschrumm!

Paul schüttelt den Kopf und schaut nach dem Plinkerplönker. Da steht er, ganz weit draußen auf der Sandseite, wo der Sand noch hellblond ist, und spielt sein Ding golden in die goldene Luft und auf der Wasserseite steht Paula, und lacht und winkt und lockt und plötzlich

ist das Meer eine Schiebetür
groß blau glänzend
Paul schiebt sie auf
mit einem mächtigen Ruck einem mächtigen Schrei
sie öffnet sich

wie ein Sesam-öffne-dich

wie ein Tor zur Wunderwelt

und plötzlich ist alles ganz leicht

Paula hat die Arme geöffnet und das Wasser leckt still und behutsam um ihre Knie, und still und behutsam schlängelt Paul sich an Paula heran, wie Blatt an Blatt, durch Tür und Tor, huschhusch, tztz, Weiber.
Und dann kniet Paula sich hinein ins Wasser und das Wasser rinnt um sie herum und ihre Haut wird ... „Brrrr", macht sie, „kalt, brrrr", aber lacht, „Paul, komm! Versuch es! Es tut gut!"
Nein, denkt Paul und schüttelt den Kopf. „Brrrr", und schüttelt sich wie ein junger Hund, nass noch dazu. „Brrrr!"
Er dreht sich herum und sucht Tom, den PlinkerTom, aber der ist weg. Wegwegweg.
Kein Tom, kein Plinker, keine Goldflöte, keine Goldmusik.
„Tom??"
„Hier", ruft Tom von der anderen Seite, von der Wasserseite, von der Paulaseite. „Hier!"
Und hat seine Hand an Paulas Haar. Und seinen Kopf an Paulas Schulter. Und klebt an Paula wie ein Superkleber, wie ein supernasser Superkleber.
„Wähhhhhh", ruft Paul, „wähhhhhh", und schüttelt sich und hüpft ein Schrittchen zurück, aber ein Schrittchen zu viel, denn plötzlich ist das Meer ganz nah, so ganzganznah, so am Körper nah, so am Körper überall wie ein gieriger Schlund, wie ein kalterkalter Lappen. „Brrr", schreit Paul und schnappt nach Luft, „Kaltlappenmeer, Schaltklappenteer!"
Aber schon ist Paula da. Von der einen Seite. Und Tom. Von der anderen. Sie lachen. Und Paul kann das auch. Paul lacht auch. Wie ein Eichhörnchen. Wie das Meer. Wie die Goldflöte. Wie die Weiber, tztz, huschhusch, hummhumm!

„*Du* hast ihn glücklich gemacht", sagt Tom und lächelt. „Hab ich?", frage ich. „Womit denn?"

„Du hast ihm das Meer geschenkt."

Ich nicke. Das ist wohl wahr. Ich habe ihm das Meer geschenkt. Zur richtigen Zeit. Am richtigen Ort. Manchmal stimmen die Dinge. Manchmal müssen sie stimmen. Weil du etwas gutzumachen hast. Weil etwas tief in dir dich eingeholt hat. Eine Erinnerung wie ein Blitzlicht.

„Seit wir hier sind, Paula", sagt Tom, „bedrückt dich etwas."

Ich schlucke, spüre, wie ich langsam rot werde. Er legt den Kopf schief. „Erzähl doch. Hab ich ja auch getan."

„Weiß nicht", sage ich leise. „Ja. Lass mir noch ein wenig Zeit. Muss zu Ende denken."

Er nickt. „Alle Zeit der Welt."

Er fährt mit den Fingern Spuren in den Sand. „Mein Vater freut sich, wenn ich komme, wenn ich zu ihm ziehe. Sagt er zumindest. Aber kann ich ihm das glauben?"

„Doch", sage ich, „doch", und komme mir sehr weise vor. „Eltern lieben ihre Kinder, wenn auch manchmal auf eine ziemlich bescheuerte Art. Ich glaube, das ist evolutionsbedingt."

Er pfeift anerkennend durch die Zähne. „Was? Lieben oder bescheuert?"

„Wahrscheinlich beides", gluckse ich und bin froh, dass wir die Kurve gekratzt haben. „Mit Sicherheit beides!"

„Hypergeiles Wort übrigens." Er lächelt mich an.

Ich will noch das Ende der Geschichte. „Und dann bist du weg?"

Er nickt. „Und dann bin ich weg. Am nächsten Morgen. Da hat sie noch geschlafen."

„Und dann?"

„Dann habe ich dich im Zug gesehen."

Und das ist wie Schicksal gewesen, denke ich.

„Und das ist wie Schicksal gewesen", sagt er. Ich muss lächeln.

„Zuerst diesen riesigen offenen Mund."

Ich schnappe nach Luft und starre ihn an.

„Und dahinter einen noch größeren Schlund."

Ich fasse es nicht!

„Und am Kinn ..."

Ich verhaue ihn! Jetzt! Sofort! Ich schlage ihn! Er ahnt es, hebt die Hände zum Schutz.

„... Spuckefäden, Sabberläufer, so richtig nasse Sabberläufer. Bei Bruno würde man sagen: Schlabberläufer."

„Du spielst mit deinem Leben!"

Ich verknall mich gerade ...

Er springt hoch, beginnt zu laufen, ich hinterher. „Es war ein süßer Sabber! Ein süßer Schlabber! Ehrlich! Ich mochte den! Ich mag den!"

... aber erst knall ich ihm eine ...

„Ich krieg dich! Du hast keine Chance, du ... Kerl ... du!"

Aber natürlich hat er eine Chance. Er ist viel schneller als ich. Mein Marathonläufer-Vater hat völlig versagt an mir!

Bei Paul angekommen hält Tom inne. Wir umringen ihn. Hin und her im Kreis. Lachend, brüllend. Paul starrt uns an wie fünfzehn Weltwunder. Irgendwann lassen wir uns fallen, einer links, einer rechts, dann liegen wir da und Paul fängt an Sand auf uns zu schaufeln. Irgendwann habe ich mich wieder ruhig geatmet und ruhig gelacht.

„Und du schnarchst", sage ich endlich.

Er schüttelt grinsend den Kopf. „Nein, tu ich nicht."

„Und du schnarchst", sagt Paul.

Wir lachen. Wir alle drei.

„Ich mag dich", sagt Tom.

„Ich mag dich auch", sage ich.

„Ich plag dich auch", sagt Paul.

„Nein, tust du nicht", sage ich.

„Was?", fragt Tom.

„Das", sagt Paul.

„Schnarchen", sage ich.

„Weiß ich doch", sagt Tom.

„Reiß ich doch, beiß ich doch, scheiß ich doch", sagt Paul.

Ich seufze. Tief und laut. Dann richte ich mich auf.

„Paul", sage ich und lege meine ganze Autorität in meine Stimme. „Paul, wer ist der Boss hier?"

Er schaut verdutzt, dann senkt er den Kopf und denkt nach.

„Also", sage ich, „bevor du jetzt hier irgendwas durcheinanderbringst ... ich ... ICH bin der Boss hier und der Boss hier muss jetzt dem Tom was erklären und du hier, du musst ..."

Ich breche ab, keine Ahnung, was er muss, absolut keine Ahnung. Aber Paul hat wohl genau die richtige Ahnung, nämlich die, dass ich gerade überhaupt keine habe, denn er schüttelt den Kopf, tippt sich an die Stirn und trollt sich. „Tztz ... huschhusch ... Weiber!"

„Dein Bruder ist eine Sternschnuppe", sagt Tom, „weißt du das?"

„Ja", sage ich, „ich weiß das, aber manchmal ist er auch ein Meteorit, der auf die Erde niedersaust und alles zerschlägt, worauf er trifft."

Und ich spüre den Stachel, der leise in mir bohrt. Wieder wollen die Bilder kommen, aber erneut schiebe ich sie fort. Wie lange wird das wohl noch gehen?

„Ja", sagt Tom nachdenklich und sieht mich forschend an, „das ist wohl so. Aber sind wir das nicht alle hin und wieder?"

Ich nicke langsam, weiche seinem Blick aus. „Ja. Vielleicht. Wahrscheinlich."

Wir schweigen.

Irgendwann frage ich: „Und keiner weiß, wo du bist?"

Tom schüttelt den Kopf.

„Sie werden sich Sorgen machen."

Er zuckt die Schultern. „Kann sein. Vielleicht denkt sie sich, wo ich bin. Vielleicht hat John sie auch schon angerufen."

Vorsichtig macht er Spuren in das Feld aus Sand, das Paul auf seinem Bauch angelegt hat.

„Seid ihr oft hier gewesen?"

Wieder nickt er, schaut hinaus aufs Meer. „Ja. Oft. Nicht nur im Sommer. Auch mal Weihnachten. Oder Ostern. Sie ist ja hier aufgewachsen. Und es war immer schön. Manchmal war mein Vater mit dabei. Auch das war schön. Manchmal habe ich gedacht, wir könnten ... sie könnten ... also ... aber das war falsch gedacht."

Er zuckt die Schultern.

„Irgendwann war es auch nicht mehr wichtig."

Er lächelt Paul zu, aber der sieht ihn gar nicht mehr. Der steht auf und marschiert drei Schrittchen ins Wasser, drei Schrittchen zurück, drei Schrittchen ins Wasser. Möwen kommen. In einem Zug schwirren sie heran, lassen sich im Sand nieder und stolzieren mit Krächzefüßen und Krächzestimmen hin und her. Später, das weiß ich, wird Paul die Krächzestimmen üben und die Krächzefüße nachzeichnen. Ich fühle mich wohl, so wohl, so warm und weich und froh. Wir sind am Meer, die Sonne flirrt Licht in Toms Haare und ich frage mich und frage mich und frage mich ... Tom küssen? Jetzt?

Und dann hab ich es getan. Ihn geküsst. Kurz hab ich an die Lagerstett gedacht, an das Julchen von dem scharfen Lover aus dem Internet, der Toms Großvater ist, an diesen unglaublichen Zufall, an das gestrige Gependle vor dem Schlafzimmer, an ihre blauen Haare und dass sie so jung gewirkt haben und so fröhlich und dass die Liebe wohl vieles kann und dass sie offensichtlich nie aufhört und zu Ende geht.

Und weil ich das so schön fand und so tröstlich, hab ich es getan. Ihn geküsst. Den Tom. Auf den Mund, in den Mund, mit Zunge und allem. Ich habe mir seine Traurigkeit erküsst, seinen Zorn, seine Wut. Und meine eigene gespürt. Und Tränen, denn die sind mir plötzlich übers Gesicht gelaufen, über die Wangen, in die Mundwinkel und in unseren Kuss hinein. Ich habe das Salz geschmeckt und ich habe es gemocht, mehr wie das Salz aus dem Meer, viel mehr.

Kurz hat Tom innegehalten und ist ein wenig abgerückt von mir, dass er mich sehen konnte als Ganzes, mein Gesicht, die Tränen.

„Du weinst", hat er geflüstert. Ich habe genickt.

„Warum denn?"

„Weiß nicht", hab ich geflüstert, „weiß nicht."

„Magst du nicht, dass ich dich küsse? Soll ich damit aufhören?", hat er gefragt und ich, ganz erschrocken: „Nein! Nein, nicht aufhören! Hör nicht auf damit!"

Irgendwo im Hintergrund hat ein Hund gebellt, wahrscheinlich der Bruno ... Sommerwolf und Winterfrau ... irgendwo im Hintergrund ... hat das Leben gelauert ...

... Tom küssen ...

Dann hat Tom seine Hände in meinem Haar vergraben, ich habe leichtes Ziepen an der Kopfhaut gespürt, sein Kuss ist sehr tief geworden und sehr rau und sehr ... wie ein Kuss sein soll ... süß und süß und süß und alles.

... Tom küssen ...

... ! ...

Dann habe ich kurz an all die anderen Küsse gedacht, die ich schon geküsst habe, und dass es nicht allzu viele waren, aber doch ein paar, ja, doch ein paar ... ich habe sie hervorgeholt, ihren Geschmack, ihr Wesen, ihre Leichtigkeit, und keiner, keiner, nein, keiner ... war ... so ... wie ...

... Tom küssen ...

... !! ...

Dann habe ich nichts mehr gedacht, nichts mehr, nein, nur Tom und sein Mund und das Salzige und seine Küsse und dass er das konnte, he, Leute, he, aber ... WOW ... dass er das kann, der Tom ... das Küssen und so und überhaupt ... habt ihr eine Ahnung, wie das ist, wenn es ... *schön* ... ist ... wenn es ... *sensationell* ist ... jaaa ... s e n s a t i o n e l l ... nicht nur so lala, nicht nur wie eine gute Lasagne, sondern wie ... wie ... wie ... keine Ahnung, wie ... vielleicht ... wie das Meer ... und das Mehr und das Meer zusammen ... und die ersten Weihnachtskekse noch dazu und vielleicht auch noch die zweiten Weihnachtskekse, die dritten nicht mehr, denn die schmecken schon alltäglich ... und wenn dann vielleicht auch noch der erste Schnee fällt beim Zweitenweihnachtskekseessen, dann ... ja, dann ... und wir noch Kerzen anzünden und Mama von hinten ihre Arme um mich legt ... dann ... ja dann ... kommen wir vielleicht dahin, in dieses Wunderbare, in dieses Schöne wie ...

... Tom küssen ...
   ... !!! ...

Und dann ...
... dann ist Paul herangekommen. Hat sich aufgepflanzt vor uns. Hat die Hände abgespreizt wie Spinnenbeine. Und die Augen aufgerissen. Und die Füße gestampft. Und „Wähhh!" geschrien. Immer wieder „Wähhhhhhhh!!"
Und später hat Tom gesagt: „Süß wie nix. Süß wie nix im Leben sonst."
Und dafür hätt ich ihn fressen können, meinen grinsenden Sommerwolf, echt, Leute, echt!

... Tom küssen ...
   ... !!!! ...

Das Meer ist ein silberner Brocken. Morgen geht es zurück. Ich muss erzählen. Was ich noch nie erzählt habe. Weil ich es vergessen hatte. Aber jetzt ist es wieder da. Und jetzt muss ich es erzählen. Dass ich Schuld auf mich geladen habe. Dass ich wahrscheinlich ein schlechter Mensch bin. Weil ich ...
„Das kann ich mir nicht vorstellen", sagt Tom vorsichtig, „echt nicht."
Ich schaue ihn an, er ist so schön, ich hab ihn geküsst, er hat mich geküsst, vielleicht lieb ich ihn ein bisschen, vielleicht ist das jetzt Liebe und darum kann ich erzählen.
„Es ist aber so", sage ich langsam. Und dann ...

... bin ich wieder dort vor diesem Geschäft. Ich bin sechs oder sieben. Ich habe Mama gesagt, dass ich mit Paul vor der Tür warte, dann kann sie in Ruhe dieses rote Kleid probieren, das sie so schön fand, das sie so sehnsüchtig angeschaut hatte.

„Bist du sicher", hat sie zweifelnd gefragt, „dass du das schaffst?"

„Aber ja", hab ich gesagt, „bin ich sicher. Paul ist doch so friedlich heute." Und ich hatte doch diesen Plan, also nahm ich das Kleid vom Ständer und drückte es ihr in die Hände und sie seufzte und sagte: „Also gut, Paula. Dann pass aber gut auf ihn auf", und marschierte endlich in die Kabine.

Und ich ... bin hin zur Tür und winkte Paul zu mir. Und er kam.

Draußen holte ich dieses Plakat aus meiner Tasche, das ich vor Tagen schon zu Hause gemacht hatte und seither mit mir herumtrug. Ich faltete es auseinander und hängte es Paul um den Hals. „Bleib da stehen, Paul", sagte ich. „Sei ganz ruhig. Gleich kommt jemand."

Und dann versteckte ich mich hinter der Häuserecke und Paul blieb wirklich stehen. Mit diesem Schild um den Hals. *Kind zu verschenken!* Ganz starr, ganz still stand er, als ahne er etwas, als beiße sich das, was da in kunstvollen Buchstaben hingemalt war, gerade in sein Hirn. *Kind-zu-ver-schen-ken!*

Und ich?

Ich stand hinter dieser Häuserecke und lugte hervor und mein Herz pochte, als wollte es mich in die Luft jagen. „Ich hab dich lieb, Paul", flüsterte ich in einem fort, „ich hab dich lieb, aber du nimmst mir alles. Alles, was ich auch brauche."

Und dann musste ich mich hinsetzen, weil meine Knie so sehr zitterten, und mein Körper schlotterte wie Espenlaub.

„Wie alt bist du gewesen?", fragt Tom und ich spüre, dass er seinen Arm um mich gelegt hat, dass er meine Schulter streichelt. Wie alt? „Gerade in der Schule."

Ich stocke, wage nicht ihn anzuschauen, endlich kann ich weiterreden. „Alt genug ..."

Und wieder bin ich da, vor diesem Geschäft, wo ich meinen Bruder abgestellt habe, und ich hoffe, ich hoffe so sehr, dass jemand kommt und sich seiner annimmt. Ihn mitnimmt. Ein guter Mensch. Ich habe auf einen guten Menschen gehofft. Ich habe gehofft, dass es vielleicht einen gibt, der das einsieht, das, was ich mir da wünsche. Einer, der Paul mitnimmt, sich um ihn kümmert, ihn lieb hat, und dann ... dann ... hätte ich endlich ein Leben für mich alleine, die Mama für mich alleine, den Papa für mich alleine.

Das habe ich gehofft. So sehr. Und saß in meinem Versteck und endlich kamen Leute, die schauten Paul an und das Schild um seinen Hals. Sie redeten auf ihn ein, aber er sagte nichts. Sie schüttelten die Köpfe, schauten sich um. Rasch duckte ich mich zurück, mein Herz zersprang. Die Leute gingen und andere kamen. Die Zeit blieb stehen, ich verlor jedes Gefühl für die Zeit, wusste nicht mehr, ob Minuten vergangen waren oder Stunden oder Tage oder Jahre, während ich hier saß, während Paul dort stand. Keiner nahm ihn mit, keiner, meinen Paul, keiner wollte ihn haben, er würde mir bleiben, das begann ich zu ahnen ... und ich begann auch zu ahnen, was Mama wohl sagen würde ... und Papa ...

Plötzlich begann Paul zu schreien und ich war ... wie zugefroren. Saß da und hielt mir die Ohren zu, damit ich ihn nicht hörte, damit ich sein Schreien ... nie ... mehr ... hörte.

Sofort kam Mama aus dem Geschäft gerannt. Sie hatte dieses Kleid an, sie sah so schön aus in diesem Kleid und endlich konnte ich hervorkommen von hinter dem Häusereck. Mama las das Schild um Pauls Hals, dann drehte sie sich zu mir und schaute mich an und nie ... nie werde ich ihren Blick vergessen und dass ich dachte, jetzt gibt sie *mich* her, jetzt bin *ich* die längste Zeit ihr Kind gewesen. Und dass ich ein böses Kind war, eines, das man bestrafen musste, ganz schrecklich bestrafen.

„Und dann?"
Toms Stimme ist ganz leise und holt mich behutsam zurück. Ich spüre seinen Arm um mich, lege meinen Kopf an seine Schulter und fühle mich leicht, ganz leicht, als ob ich schwebte.
„Sie hat mich nicht hergegeben. Ich bin immer noch ihr Kind."
Tom lächelt. Ich spüre das. Und dann fällt mir ein, dass zuhause vor den Fenstern zum Fluss hin manchmal ein Rabe sitzt. Auf dem höchsten Baum in der Au, auf dem höchsten Ast, ein schwarzer Vogel voller Grazie, und manchmal senkt und hebt er den Kopf in schneller Folge, als ob er sich vor dem Leben verbeugen wolle, vor dem Wasser, vor dem Himmel, vor mir, die ich ihm zuschaue.
„Und sonst?"
Ich seufze. „Ich weiß nicht", sage ich und staune ein bisschen, denn ich weiß es wirklich nicht mehr. „Wir sind wohl nach Hause gegangen. Mit Paul natürlich. Ich weiß nicht, ob sie geschimpft haben. Oder traurig waren. Oder mich bestraft haben. Ich weiß es wirklich nicht mehr."
Tom nickt.
„Wir haben nie wieder darüber geredet", sage ich. „Ich hatte das alles völlig vergessen, durch all die Jahre hindurch. Aber im Zug, als ich zurückkam zu euch, als der Schaffner mit dir geredet hat, als ich mich zu Paul gesetzt habe, da ist es mir plötzlich wieder eingefallen. Wie ein Blitzlicht. Da habe ich alles wieder vor mir gesehen. Paul. Das Schild. Mama in dem Kleid. Mich."
Tom nickt.

„Es war ein rotes Kleid. Sie hat so schön darin ausgesehen, aber sie hat es nicht gekauft."

Manchmal sitzen zwei Raben auf dem Baum. Zuvor fliegen sie über unser Haus und du siehst die ausgebreiteten Schwingen und dann lassen sie sich nieder in die Kahlheit der Äste hinein, in die Kahlheit vor dem farblosen Himmel. Besonders schön ist das, wenn es schneit und die Schneeflocken nur um eine Spur weißer sind als der Himmel.

Tom nickt.

„Findest du mich schrecklich?", frage ich.

Diesmal nickt er nicht.

Er schüttelt nachdenklich den Kopf. „Nein", sagt er, „ich glaube nicht. Du warst ein Kind."

„Weißt du", beginne ich langsam und versuche diese ungeheure Frage nun endlich loszulassen, „weißt du, seit mir das alles jetzt wieder eingefallen ist, frage ich mich die ganze Zeit, was passiert wäre, wenn ihn tatsächlich jemand mitgenommen hätte."

Ich habe das Meer im Blick, sein silbernes Schaukeln in der Dämmerung, Möwen fliegen und kreischen. Ich denke an die Raben. Tom schweigt, denkt wohl nach, ich wünsche mir das Sax.

„Du meinst, ob du es zugelassen hättest?"

„Ja", flüstere ich, „ob ich es zugelassen hätte. Genau."

„Ich weiß nicht", sagt er, „ist ja schon eine Weile her. Du warst ein Kind. Aber vermutlich nicht."

„Wirklich nicht?", flüstere ich und spüre die Erleichterung einer Tränenflut in meinem Hals. „Glaubst du wirklich nicht?"

Er schüttelt den Kopf, schaut mich an. Sein Gesicht ist schon dunkel in der Dämmerung. „Meine Mutter hätte mich ja auch nicht wirklich verkauft. Man übertreibt gern. Und redet sich was ein."

„Aber ich habe es wieder getan! Ein zweites Mal! Wer sagt, dass ich es nicht noch einmal tue? Wer sagt, dass es nicht irgendwann gelingt?"

„Stimmt doch gar nicht", sagt Tom. „Du bist fünf Minuten weggewesen, vielleicht zehn, keine Ahnung. Du bist einfach mal weggezuckt. Das kann passieren. Das muss manchmal sein."

So einfach ist das.

Stimmt doch gar nicht.

Ich seufze. Und weine jetzt. Es tut gut. Tom wischt mir die Tränen von den Wangen.

„Glaubst du?", frage ich wieder.

„Glaube ich", sagt er.

„Glaubst du wirklich?"

„Glaub ich wirklich." ⸺

Später nimmt Julia mich fest in ihre Arme. Ihre klugen Augen haben vielleicht in mein Herz geschaut. Später werfen die brennenden Scheiter ihre Flammen in den Himmel und John hält eine Rede an die Grandezza des Feuers, während Julia sich verklärt an seine Brust schmiegt und ihn schließlich ins Haus zieht und ins Bett. „Aber diesmal im Zimmer bleiben", rufen wir ihnen nach. Sie lachen und meinen, wir sollen nicht so prüde sein. Später schreibe ich an Mama. Mit der Traurigkeit einer überstandenen Trauer in Kopf und Körper, mit dem Seufzen einer frohen Erwartung auch.

... ich vermisse dich, mama, ich vermisse dich als jemand, der für mich da ist. weil du immer zuerst für ihn da bist. und ich verstehe das. aber trotzdem vermisse ich dich ...

Ihre Antwort kommt schnell. Ich mag ihre Antwort. Wir werden über alles reden können.

Es geht nach Hause. Wir lassen das Julimeer zurück und *Immerschon* und den Wolf, der Bruno heißt, und Julia mit den blauen Haaren und alles.

Bin ich traurig?

Keine Ahnung. Warum sollte ich traurig sein? Ich fahre mit Paul nach Hause. Wir haben eine Challenge gemeistert. Eine Superchallenge! Und vielleicht backen wir dem Opa eine Schiebetür-Torte, der Paul und ich, in Blau, ganz in Blau. Keiner wird sie essen wollen, weil sie so merkwürdig aussieht – Torte in Blau. Darum wird sie uns bleiben, dann können wir sie selber essen.

Zwar habe ich keine Ahnung, wie man eine Schiebetür-Torte macht, aber, he, Leute, he, ich hab den tollsten Typen geküsst, da bring ich doch wohl so eine Kleinigkeit wie eine Schiebetür-Torte hin, noch dazu mit dem Paul an meiner Seite.

Na ja, vielleicht auch nicht, es wird sich weisen. Wie werde ich es aushalten, den Tom nicht mehr zu sehen ... weiß jemand, wie das geht ... und bin traurig nun. Doch ein wenig. Dann ... der Zug.

Wir sitzen einander gegenüber. Unsere Knie berühren sich. Wir schauen uns an. Ich finde ihn so schön. „Ich finde dich so schön", sagt er. Ich lächle. Paul schläft. Paul ist ein Zugschläfer. Tom lächelt auch.

Er ist fort. Ich sehe ihn nicht mehr. Die schlaksige Hose dort, das war gerade noch seine. Das Sax ... sein letztes Glänzen ist um die Ecke. Seine Haare ... fort. Mir aus den Augen. Und spürte sie doch gerade noch in den Fingern.

„Fort", sagt Paul und lässt den Kopf hängen, „Plinkerplönker fortgeplönkert."

„Was? Wer?", fragt Mama.

„Wer? Was?", fragt Papa.

Ich schüttle den Kopf. „Niemand", sage ich, „nichts. Ihr kennt doch Paul! Der Plinkerplönker, das ist so eine Figur, die hat er erfunden. Und die hat uns ... irgendwie begleitet. Und uns wohl ... irgendwie beschützt."

„Dass ihr wieder da seid", sagt Mama und lächelt froh, „dass ihr wieder da seid!"

„Schön gewesen", sagt Paul, während wir Richtung heim fahren, Richtung Opa-Geburtstag, Richtung Großfamilie, Richtung Schweinsbraten und Nusstorte.

„Ja?", fragt Mama und dreht sich schon wieder nach uns um. Der farbige Hof rund um ihr Auge ist in ein strahlendes Gelb übergegangen mit Schlieren von Violett und Blau. Wenn wir endlich beim *Goldenen Hirsch* angekommen sein werden, wird sie sich zusätzlich zum Veilchen auch noch eine linksseitige Verrenkung zugezogen haben, denn sie kann uns einfach nicht aus den Augen lassen, muss sich ständig nach uns umdrehen, jetzt, wo sie uns beide wieder hat. „Erzählt doch ein wenig! Lasst euch doch nicht alles aus der Nase ziehen!"

Aber ich habe keine Lust auf Gerede. Bin erschöpft, müde, hungrig und traurig.

„Später, Mama. Morgen. Nach dem Fest."

Sie schaut mich an, als wüsste sie Bescheid. „Okay, Paula", sagt sie und seufzt. „Dann träum mal weg."

Das muss sie mir nicht zweimal sagen. Schon bin ich wieder dort, wo wir das letzte Mal allein waren, Tom und ich. Aus der

Ferne hörten wir den Bruno manchmal bellen, ich habe an die Raben gedacht.

„Ruf sie an", hab ich gesagt. „Oder schreib ihr zumindest eine SMS."

Er wiegte den Kopf. „Mal schauen", sagte er, „heute nicht mehr, vielleicht morgen."

Da war es fünf Uhr früh und die Helligkeit kam übers Meer gekrochen. Wir waren in unsere Decken und aneinander gekuschelt, ich hatte den Spucke-Pullover an, im Feuerkorb verglühten die letzten Scheiter.

Alles war ruhig. „Kommst du mich besuchen?", hab ich ihn gefragt.

„Ja", sagte er, „ich komme. Natürlich komme ich. Wie könnte ich nicht kommen?"

„Bist du wie Weihnachten?", hab ich gefragt.

Er hat gelacht. „Was?"

Da habe ich die Augen verdreht, Herrgottszeiten, muss man denn alles erklären?!

„Na, wie Weihnachten eben", hab ich geseufzt. „Weihnachten kommt immer wieder. Auf Weihnachten kann man sich verlassen." Ich grinste. „Also? Bist du wie Weihnachten? Kann man sich auf dich verlassen?"

Er hat gelacht.

„Lach nicht", sagte ich, „ich meine das ernst."

„Aber ich lach doch gar nicht", sagte er und lachte und da hab ich ihm ein wenig den Oberarm versohlt.

Aber er hat sich ganz cool meine Hände geschnappt und festgehalten und da ging gar nix mehr und ich sagte: „Ruf sie an", und er sagte: „Mal schauen, heute nicht mehr, vielleicht morgen."

Das machte mich froh, irgendwie, und ich hab noch einmal gefragt: „Bist du wie Weihnachten?"

Da hat er mich lange angeschaut, lange, und da fing mein Herz wie verrückt zu klopfen an, und ich dachte, scheiße, er ist nicht wie Weihnachten, er ist es einfach nicht, und ich weiß ja, ich bin Meisterin im Stellen bescheuerter Fragen, aber die hier, DIE HIER ... *this one* ... ist ja wohl *the most stupid.* Und ich wollte sie ihm nehmen, die Frage, wollte ihn einer Antwort entbinden, aber plötzlich hat er zu lächeln begonnen, zu grinsen, keine Ahnung, eines von beiden, und hat gemeint, dass er doch wie Weihnachten sei, eher doch, eher schon, eher ja, und eigentlich könne man sich auf ihn verlassen und eigentlich ... ja ... wiederkommen ... ja ... aber dass das doch schon eine sehr bescheuerte Frage sei ... wie Weihnachten, also wirklich, wie Weihnachten ... und ob er jetzt doch noch mal darüber lachen dürfe, doch noch mal darüber lachen, ohne dass ich ihm eine knallte, eh nicht auslachen, nein, das dürfe ich nicht falsch verstehen, *darüber* lachen, das sei ein großer Unterschied und ob ich ...

Da war es irgendwie plötzlich sehr froh in mir, so ganz verrückt froh und ich hab losgekichert wie irgend so eine Tusse. „Lach nur", hab ich gesagt, „lach, so viel du möchtest. Und küss mich", hab ich gesagt, „küss mich, so viel du möchtest."

„Ja", sagte er, „ich küss dich. Natürlich küss ich dich. Und ich möcht viel. Wie könnte ich nicht viel wollen. Ich bin doch wie Weihnachten!"

Und wieder haben wir losgegackert und mit Küssen war nichts, denn wie willst du küssen, wenn es dich vor Lachen schüttelt und du nicht mehr damit aufhören kannst und immer wieder anfangen musst, weil einer ständig so bescheuerte Sätze japst wie: „Wie Weihnachten! Kommt immer wieder! Immer wieder! Wie Weihnachten!"

Und es war, als wäre das Lachen mit großer Kraft in uns gekrochen, als habe es uns geentert im Innersten, oder ist es einfach das Glück gewesen oder alles?

Irgendwann sind wir still geworden und irgendwann hat Tom dann doch begonnen mich zu küssen und zwischendurch hat er gefragt: „Noch einmal?"
Und ich hab gesagt: „Noch einmal."
Und also haben wir es noch einmal getan und noch einmal und immer wieder, und ich hab gedacht, meine Spucke in seinem Pullover, also das ist jetzt sowas von wurscht nach all dem Gemanschke in unseren Mündern, und wenn ich ihn jetzt drei Monate nicht wasche, den Pullover, ist es auch wurscht, denn das war klar, dass er den nicht mehr zurückkriegen und dass ich den lange nicht waschen würde.

Am nächsten Tag sind wir los. „Jederzeit", hat der Großvater gesagt, „jederzeit, Paula, du und Paul. Das weißt du, nicht wahr?" Und zu Paul: „Bin stolz auf dich, Paul! Bist im Meer gewesen!" Und zu Tom: „Sei tapfer! Sie kommt wieder!"
Dann standen sie zum Winken am Bahnsteig und die Lagerstett, die Julia, hatte wahrhaftig Tränen in den Augen. John sah es auch und drückte sie fest an sich. Ich hatte das Gefühl, er würde sie so rasch nicht mehr gehen lassen, meine kleine Bergziege. Was ich toll fand. Irgendwie aber auch nicht. Wer würde dann ... ? *Who would do ... the English lessons?*
Wir haben die Zugfahrt überstanden. Und uns in den Abschied gelächelt, Tom und ich, heimlich, leise. Sein Knie lag an meinem, unsere nackten Sommerknie lagen aneinander, denn Shorts er und Shorts ich und was brauchst du mehr, was braucht es mehr als eine Shorts und ein T-Shirt, wenn du einen Pullover hast, so einen Pullover, ein bisschen abgefuckt schon, ein bisschen eingesifft, nach allem Möglichen riechend und mit Spuckefäden drin, mit richtig ordentlich Sabber, und nein, aber nein, nicht nach *allem Möglichen* riechend, nach Tom riechend, nach Tom ... nicht abgefuckt, nicht eingesifft ...

lässt du ihn mir

Hab einen Pullover jetzt ... nicht geklaut ... nein ... einfach nicht zurückgegeben.

ich lass ihn dir

Dann kam das Ende der Zugfahrt. Draußen am Bahnsteig standen unsere Eltern, sie begannen zu strahlen, als sie uns sahen, begannen zu rufen. Wir liefen und staksten aufeinander zu und für ein paar Augenblicke vergaß ich Tom ... für ein paar Augenblicke nur ... und dann ... endlich ... fiel er mir wieder ein. Ich drehte mich um. Da war er fort. Schon fort war er da.

... *ich* sehe ihn nicht mehr. Die schlaksige Hose dort, das war gerade noch seine. Das Sax ... sein letztes Glänzen ist um die Ecke. Seine Haare ... fort. Mir aus den Augen. Und spürte sie doch gerade noch in den Fingern.

„Fort", sagt Paul und lässt den Kopf hängen, „Plinkerplönker fortgeplönkert."
„Was?", fragt Mama. „Wer?"
„Wer?", fragt Papa. „Was?"
Ich schüttle den Kopf. „Niemand", sage ich, „eine Geschichte."
„Dass ihr wieder da seid", sagt Mama und lächelt froh, „dass ihr wieder da seid!"
Sie zieht mich in die Arme und hält mich für eine Weile ganz fest. Dann lässt sie mich langsam los, schiebt mich ein bisschen von sich fort und schaut mich prüfend an. „Paula?"
„Ja", sage ich. „Was?"

Sie runzelt die Stirn, legt den Kopf schief, ich spüre, wie ihr Blick an mir entlanggleitet, mein Herz wird schneller. „Irgendetwas ist anders an dir. Nicht nur dieser ... neue Pullover", sie schüttelt den Kopf, zieht die Augenbrauen hoch. „Irgendwie bist du so groß geworden."

Ich höre ihr Staunen, staune selber mit. Ist das so?

„Muss ich dich etwa auch schon ein bisschen loslassen?"

Ich schließe die Augen und kuschle mich zurück in ihre Arme, in ihre Wärme. „Nein, Mama", sage ich, „nein, lass mich noch nicht los."

Sie drückt mich fester, wiegt mich hin und her. Es ist schön. Sie wiegt mich in ihren Armen, summt das Zingerfinger-Lied, das Wellendellen-Lied, und in meinem Rücken lächelt sich Paul in ihren Augen fest.

Langsam kommt er heran, greift mit dem Zingerfinger an ihr Gesicht, an ihre Wangen, staunt. Sind nass, ihre Wangen. Traurig, Mama, bist du traurig?

Nein, sagt sie, bin nicht traurig, bist ja wieder bei mir, warum sollte ich da traurig sein?

Eben, sagt er, Weiber... tztz ... huschhusch ...

Ich klau dir ein paar Wolken, flüstert er in ihr Ohr und schaut sich um, ob es auch keiner hört, weiße Wolken klau ich dir. Rote wären schöner, aber die sind so schwer zu kriegen.

Mama, liebe, denkt er, mach, dass ich mich an dich kuscheln kann, mach deine Arme weit, dann kann ich hinein.

Als hätte sie's gehört, macht sie die Arme weit und lächelt. Da spürt er, da weiß er, das geht. Das geht jetzt. Da kann er los, in ihre Arme, ihre Wärme, ihr Herz. Vorsichtig zwar, man weiß ja nie, Wolken klauen sich nicht von selbst, aber es geht, ja, doch, es geht.

Ganz klar seine Augen und groß, als er in ihre taucht und sie ihn auffängt an ihrem Körper und ihre Arme ... nicht schließt, ihre Wärme ihm aus der Ferne schickt, ich spür dich, Mama meine.

Sie nickt, als hätt' sie sein Denken gehört, bist mein Liebstes, mein Sorglichstes. Er muss lachen.

Ihr Sorglichstes!

Mama, was hast du für komische Wörter!

Rasch hüpft er weg von ihr, schüttelt die Arme, hüpft um sich selbst.

Mama, Mama! Mama sorglich! Bist du auch ein bisschen dumm?

Aber, sagt Mama, wer sagt, das ist dumm? Du magst doch die fremden Wörter und ich auch und ich dachte, ich schenk dir eins.

Sie setzt sich und streckt ihm die Hand entgegen. Er staunt. Kluge Mama seine.

Kluge Mama meine, murmelt er vor sich hin, kluge Mama liebe meine, schenkst mir ein Wort! Dafür wird er ihr die Wolken schenken, ja, so wird das sein, nur ihr, die eigens für sie geklauten, die weißen, die so weich sind und so gut, und vielleicht werden sich sogar ein paar rote erwischen lassen. In günstigen Augenblicken. Wo keiner auf ihn achtet. Wo alle Zingerfinger der Welt anderes zu tun haben.

Ja, denkt er, genau. Und gräbt zufrieden seine Nase in ihre warme Schulterkuhle. Und vergisst, dass ihre Arme ihn immer suchen werden. Und ihre Hände ihn manchmal finden. Ein wenig nur. Aber eben doch. Und dass das eines vom Wichtigen ist. Vom Wichtigen der Welt.

„Hast schon recht gehabt, Lene", brummt Papa, „er hätte uns gefehlt auf dem Fest! Was, Paul? Was?"

Sie klopfen ihre Fäuste aneinander.

„Der Plinkerplönker und die Paula", säuselt Paul und lächelt verzückt in Mamas Gesicht und in Papas Faust, „der Plinkerplönker und die Paula."

Wieder die Fragen in den Gesichtern der Eltern, aber ich ignoriere sie. Ich weiß ja, ich werde nichts verbergen können, die Lagerstett ist die Lagerstett, und das ist ja auch gut so, und unsere Eltern werden mit den kleinsten Kleinigkeiten versorgt werden, aber noch nicht jetzt.

Ich fange zu gehen an, weg vom Bahnsteig hinunter in die Halle hinaus aus dem Bahnhof.

Er sitzt am Ausgang, seitlich, abgewandt. Das Saxofon hält er in seinen Händen und am Mund. Leise klingen Töne auf, ich denke an Raben, an den silbernen Brocken Meer, an *Immerschon* und die *Mächtige über den Wind und das Wasser,* an den Winterwolf und die Sommerfrau, an ein rotes Kleid, an küssen, an Sabberpullover.

Ich bleibe stehen und warte auf Paul. Als er kommt, lege ich meinen Finger an den Mund. Da ist er still, ganz still und lauscht. Wir beide. Und Tom dreht sich um und dann ...

... dann ist es Hollywood ... großes Kino ... roter Teppich ... das Sax im goldenen Blinkelicht ... Haare wie der flaumigste Puderzucker weltweit ... großes Furioso ... er wird kommen ... ich weiß es ... er ist wie Weihnachten ... volle Keksdosen ... volles Programm ...

Dann Handy, dann weitergehen mit Paul an der Seite, der wackelt und winkt und kichert und plinkert und plönkert zum Ausgang, zum Schweinsbraten, zur Schiebetür-Torte.

Dann still das Sax.

Dann rasch umdrehen mich, ganz kurz und schauen. Er hat das Handy in der Hand, liest, vielleicht tippt er schon eine Antwort, ich weiß es nicht.

Und hinter uns die Eltern, ein bisschen staunend, ein bisschen wachsam, ein bisschen ratlos, ein bisschen ...

wir. das meer. wir.

Ja. Genau. Wir. Das Meer. Wir.

Gabi Kreslehner, geboren 1965 in Linz, lebt in Ottensheim (OÖ); Autorin, Lehrerin; schreibt für Jugendliche und Erwachsene; mehrere Preise und Stipendien (darunter: Österreichischer Kinder- und Jugendliteraturpreis 2010); Übersetzungen unter anderem ins Englische, Italienische und Chinesische; Verfilmung des Jugendromans „Charlottes Traum" („Beautiful Girl", 2015)